W0347549

Poly

Nicolas Vanier
Avec la collaboration de Virginie Jouannet

POLY

roman

D'après le scénario du film *Poly*
écrit par Nicolas Vanier, Jérôme Tonnerre et Maxime Giffard,
produit par Yves Darondeau, Emmanuel Priou et Thierry Desmichelle,
une coproduction Bonne Pioche Cinéma – SND Groupe M6.
D'après la série *Poly* écrite et réalisée par Cécile Aubry.

XO
EDITIONS

© XO ÉDITIONS, 2020
ISBN : 978-2-37448-237-8

Été 1964

1

La veille d'embarquer pour le « voyage de leur nouvelle vie », Louise avait chargé à ras bord la décapotable. Dans le coffre elle avait casé une cantine remplie de vaisselle, leurs vieilles valises, deux lampes de famille et des gravures encadrées. Soucieuse d'amuser sa fille autant que par commodité, elle avait façonné une sorte de nid sur la banquette arrière avec leurs couvertures, les coussins et une pile de draps. La moitié de cet espace était mangée par quatre énormes cabas remplis des produits de première nécessité, une poêle, la cocotte-minute reçue en cadeau de mariage et une batterie de casseroles, un panier des jouets rescapés d'un tri draconien, un porte-documents contenant photos et paperasse, un sac plein de chaussures. Au sol, livres, cahiers et albums formaient une sorte de marchepied. Juste avant de prendre la route, elle y déposa une boîte à couture et leur pique-nique, avec deux gourdes d'eau aromatisée d'Antésite ; le voyage prendrait plus de douze heures. À l'avant s'empilait son matériel d'infirmière et une table de chevet, quelques bouquins et ses babioles fétiches, un miroir hérité de sa grand-mère, son sac et trois chapeaux en paille. Plus que tout le reste, ces capelines fanées, en promettant des jours d'été interminables, combattaient la mélancolie du départ.

Cécile, insensible à l'appel du Sud, avait quitté son école du quinzième arrondissement en larmes, refusant catégoriquement de s'intéresser à leur future existence. Leur appartement, situé rue Deniot, se composait de trois pièces où la famille avait vécu heureuse avant l'affreux divorce. Son papa pouvait surgir n'importe quand, carillonnant son impatience à la porte, et peu importe si cela n'était arrivé qu'à deux reprises en six mois, la fillette détestait qu'on l'arrache à son univers familier. Le seul avantage à descendre au sud c'était la frontière italienne et la proximité de Turin, où son père travaillait à bâtir un barrage. Sur la carte une dizaine de centimètres séparaient la ville italienne de Beaucastel.

Malgré cette maigre consolation, Cécile avait l'impression que partir sonnait un peu comme une trahison. Y aurait-il seulement un facteur dans ce trou paumé à la campagne ? Par précaution, elle lui avait écrit la veille – sa dernière lettre de Paris ! –, jurant qu'elle l'attendrait dans le nouveau village et que maman aussi « languissait » – une expression dont raffolait leur institutrice, madame Vambroux !

Bien sûr, ce n'était pas l'entière vérité, ou alors une vérité arrangée, au bon profil. Maman ne parlait jamais de papa, à croire qu'elle s'en fichait totalement.

Poly

Après trois cents kilomètres, lasse de regarder le défilé de champs et les tristes maisonnettes blotties sur le bord de la route, la fillette s'était assoupie. À son réveil, elles avaient déjeuné dans un parking qui offrait des tables à l'ombre, adossées à une station Esso. Le porte-clefs-bonhomme à tête de goutte d'huile distribué pour le plein d'essence l'avait secrètement amusée, mais, bien décidée à bouder, Cécile feignit l'indifférence.

De retour sur la banquette arrière, elle se plongea dans *Alice au pays des merveilles.* C'était un cadeau de son père et son livre préféré entre tous. Alice lui plaisait parce qu'elle se montrait solitaire, bizarre, à la fois étourdie et courageuse, « extravagamment curieuse » et naïve jusqu'à braver l'impossible. Cécile aurait aimé l'avoir pour sœur ou pour meilleure amie. Elle commença sa lecture mais la chaleur de ce début de juillet additionnée au cahotement des roues sur la chaussée finit par l'écœurer légèrement. Elle attrapa la gourde et but une lampée avant de grimacer en découvrant que c'était seulement de l'eau. Elle se rappela que sa mère l'avait remplie aux toilettes de la station essence. En soupirant, elle colla son nez au carreau.

« Platanes, banane, soutane, récita-t-elle à voix basse. Platanes, aéroplane, bécane, sarbacane, gitane, pyromane… »

— Tu ne lis plus ?

Sa mère avait le don de clamer des évidences. Elle se renfrogna et haussa les épaules en guise de réponse.

— Tu m'en veux encore ?

Cette fois, Cécile se décida à croiser son regard dans le rétroviseur. Louise avait l'air épuisée. La fillette refoula aussitôt une bouffée de remords qui menaçait de l'attendrir.

— Tu le sais très bien.

— Cilou, il fallait bien que je trouve une solution… Je ne supportais plus de vivre à Paris, et je me suis fâchée avec mon chef de service, je te l'ai expliqué. À Beaucastel, on m'offre un logement et du travail.

— Tu parles ! C'est même pas dans un hôpital ! Tu l'as dit toi-même !

— C'est juste. Je serai à mon compte et c'est un peu comme se lancer à l'aventure, mais l'avantage de mon métier c'est qu'on ne chôme guère.

— Ça m'est égal de toute façon.

— Oh, ça, j'en doute fort ! Chérinette, je sais bien que tout te paraît difficile pour l'instant mais tu vas adorer ce village. J'y étais si heureuse à ton âge ! J'aurais rêvé d'y vivre toute l'année…

— Toi c'est pas moi, maman ! Alors ne me commande pas d'être contente !

— Je ne te demande rien de ce genre, Cilou, songe seulement qu'on va vivre au soleil et au bon air dans un endroit magnifique. Paris devient de plus en plus impossible avec le trafic ! D'ailleurs, tu as tout l'été pour t'accoutumer avant d'aller à l'école du village et tu te feras plein de copines, j'en suis certaine !

— Je m'en fiche, c'est mes copines de Paris que je veux voir et papa.

Louise poussa un soupir agacé. Dès que l'on faisait allusion à son père, c'était toujours pareil.

— Ce n'est pas possible pour le moment, tu sais bien qu'il travaille…

Pour mettre un terme à leur dispute, la jeune femme entreprit de chercher Europe n° 1 sur le cadran gradué de l'autoradio. L'émission *Salut les copains* venait juste de commencer et, en dépit de quelques craquements, *Twist à Saint-Tropez* explosa dans l'habitacle, chassant l'épuisement des heures de conduite. Cécile était bien trop fière pour s'amadouer tout de suite, mais quand sa mère commença à fredonner *Vous permettez, Monsieur ?* sur la voix cassée d'Adamo, elle ne put s'empêcher de glousser. Ravie, Louise enchaîna avec les tubes *Que c'est triste Venise*, *Demain tu te maries* et *Tous les garçons et les filles* que la fillette reprit à tue-tête, oubliant son humeur morose.

La grisaille de la matinée n'était plus qu'un lointain souvenir. Le soleil avait tapé dur toute la journée mais il n'était pas question de rouler sans capote avec le barda du déménagement. Heureusement, vers dix-huit heures un vent plus frais les soulagea. La voiture abandonna l'interminable nationale 7 à la hauteur de Pont-Saint-Esprit pour emprunter de petites routes d'une campagne vallonnée. Soudain le paysage parut s'élargir jusqu'à toucher le ciel immense d'un bleu pur, presque irréel.

Elles passèrent une vallée étroite entre vignes et forêt et suivirent les méandres d'un cours d'eau filant en contrebas, longèrent des prairies puis, çà et là, des coteaux raides et courts, hachés par le jaillissement d'une falaise calcaire qui démentait la douceur de la terre, laissant entrevoir une part de sauvagerie.

Quand Cécile aperçut le premier champ de lavande, elle sentit fondre sa résistance. Le violet dévalait les flancs d'un village minuscule chapeauté d'un clocher. C'était si beau qu'elle en eut le souffle coupé !

Louise avait éteint la radio. Elle se garda de parler pour ne pas gâcher l'enchantement. Cela faisait plus de vingt ans qu'elle n'était pas revenue ici, pourtant sa mémoire gardait intacte une émotion profonde, le même émerveillement qui faisait écarquiller les yeux de sa fille. Elle masqua un sourire, et s'autorisa un élan d'optimisme.

Ce nouveau départ était leur chance ! Il le fallait, absolument.

2

Perché en haut d'une colline, le village de Beaucastel semblait inchangé depuis des siècles, avec ses ruelles pavées, ses grandes voûtes obscures, ses pierres blanches et sèches de maisons aux ouvertures étroites. Sur un surplomb rocheux un vieux château coiffé d'un donjon à demi écroulé, flanqué d'une tour carrée, semblait veiller sur lui, ou l'écraser, selon la lumière et l'humeur du promeneur.

Le maire, un dénommé Lucien Bouis, gardait les clefs de leur nouveau logis. Louise n'eut pas à toquer, il apparut sur le seuil de sa demeure alors que le moteur tournait encore. C'était un bonhomme courtaud dont la bedaine pointait sous une chemise à carreaux. Cécile décida que sa mine avenante, légèrement ahurie, faisait penser au Lapin blanc d'Alice. Le Lapin-maire ouvrit les bras en geste de bienvenue, éclairé par un large sourire.

— Madame Jacquot ! Hé bé, te voici donc de retour !

— Mademoiselle Vidal, si ça ne te gêne pas, Lucien… j'ai retrouvé mon nom de jeune fille.

— Té, et tu en as la mine malgré ta pitchoun !

Le bonhomme baissa d'un ton, visiblement embarrassé.

— J'ai appris ton divorce par le notaire du bourg…

Il s'interrompit brusquement, conscient d'en dire trop devant la gamine, et se tourna vers elle.

— Et toi tu dois être Cécile ! On dirait ta maman quand je l'ai connue, jolie comme un cœur !

La fillette rougit, mal à l'aise de découvrir que sa mère avait laissé un souvenir si fort, et se sentit encore plus étrangère. Heureusement, le gros bonhomme se désintéressait déjà d'elle, pressé de les accompagner – c'était vraiment le portrait craché du Lapin blanc du livre ! Face à la décapotable chargée à bloc, il siffla entre ses dents.

— C'est ton camion de déménagement ?

— Exactement !

— Tu crois que tu peux te serrer quelque part, que je te conduise ?

— Pour les derniers cent mètres, ça ira bien !

Louise dégagea la table de chevet et les chapeaux qui atterrirent sur les genoux de sa fille.

— En route !

— Le plus court c'est encore de passer par le lavoir et ensuite tu tournes sur la droite et tu trouves le chemin des Peyrolles…

— Je me souviens, tu sais ?

— Sacrebleu, je suis bête, moi ! Évidemment ! Tu étais toujours à courir partout, une vraie sauvageonne ! Té, ça va te changer de Paris !

— J'espère bien…

— Il ne te reste plus qu'à retrouver ton accent, parce qu'à causer pointu de la sorte, on va te regarder bizarrement au pays !

— Ça reviendra bien…

Imaginer sa mère parler avec des *ouing* et des *té* comme ce balourd inquiéta subitement Cécile. On pourrait bien se moquer de sa façon de parler ou la traiter de Parigote, elle se jura de ne jamais changer…

La voiture stoppa devant une maisonnette modeste, une des dernières du village.

Ils étaient arrivés !

En découvrant le corridor vieillot donnant sur un salon aux meubles massifs, l'enfant sentit une grosse boule obstruer sa gorge. Elle contempla avec consternation le vieux canapé à fleurs maronnasses, la commode en acajou verni aux allures de cafard, l'armoire monumentale, les tabourets trapus et la roue de charrue montée en table basse. Pour seul éclairage, une modeste ampoule au plafond qui donnait à la pièce une atmosphère sinistre. Elle ne parvenait pas à croire que c'était la maison de rêve que sa mère lui avait vantée ! La cuisine n'était guère mieux, étroite, les murs recouverts d'une peinture brun-vert. La porte du fond ouvrait sur une terrasse en ciment encombrée de seaux vides. Plus bas, dans le jardin laissé à l'abandon, une vieille serre aux vitres sales émergeait des herbes folles.

Inconscient de l'effet produit, le maire discourait avec un enthousiasme d'agent immobilier :

— Le décor a besoin d'être un peu rafraîchi, mais c'est confortable, vous avez même la salle de bains et les vécés… le grand luxe ! Chez nous, tout le monde ne peut pas en dire autant !

Il désigna un panier rebondi sur le plateau en formica.

— Cadeau de bienvenue. De quoi reprendre des couleurs, parce que vous êtes bien pâlottes. Il y a des cochonnailles, de la confiture d'abricots de la vieille Mathilde, du beurre et du fromage, des œufs, des fruits, une miche de pain et de l'huile d'olive de mon oncle Barnabé, tu m'en diras des nouvelles…

— C'est adorable.

— Je te montre la pièce des visites ? On verra les chambres ensuite.

Le cabinet de consultation avait été visiblement modernisé. On y entrait par une porte vitrée, au bout du corridor. Ce morceau de couloir encombré par trois chaises faisait office de salle d'attente et ouvrait sur le cabinet repeint de blanc, une couleur évoquant l'hygiène et l'hôpital. Une table en acier, une armoire vitrée, un bureau et deux chaises en métal complétaient le mobilier.

Devant le silence des visiteuses, le maire parut perdre un peu de sa verve.

— On a tout laissé pareil, puisque tu nous remplaces le docteur.

— Je ne suis pas docteur, Lucien.

— Té, infirmière, docteur, c'est kif-kif, non ? Et puis ici tu auras affaire avec des gens de la campagne, on est plus durs au mal, et personne n'ira compter si tu as deux diplômes ou dix ! L'important c'est que tu soignes, pas vrai ?

Louise secoua la tête et grimaça un sourire. Les encouragements de Lucien ne faisaient qu'augmenter sa panique. Peut-être était-ce dû à l'épuisement du voyage ? Elle avait voulu et planifié cette nouvelle vie. Après avoir donné sa démission et arraché la petite à leurs habitudes, elle était maintenant au pied du mur. Il n'y avait plus de retour en arrière possible. Elle devait se montrer forte, car Cécile était suffisamment remontée comme ça, pas question de lui faire partager ses angoisses !

Elle se força à emprunter un ton joyeux :

— C'est parfait, merveilleux, Lucien. Je te remercie de tout ce que tu as fait ! Sans ton accueil, je ne sais pas...

— Taratata, y a rien de plus normal, tu es une fille du pays, ne l'oublie pas, surtout si certains te snobent les premiers temps ! Tes grands-parents étaient respectés par ici !

Elles mangèrent dans la cuisine, un pique-nique improvisé composé de confiture, de fromage et d'un bol de lait. Louise avait allumé deux bougies pour égayer un peu les lieux, mais, en dépit de ses efforts, Cécile restait silencieuse, son petit visage renfrogné de fatigue. Dans l'espoir de l'amadouer, sa mère parla de repeindre les murs. Elles pourraient s'attaquer d'abord à leurs chambres, et puis cette pièce en jaune et finir avec le salon. On trouverait une autre table basse et on pourrait tendre un joli velours sur la banquette, coudre des rideaux neufs, du tissu à rayures et à cerises pour la cuisine... À chaque suggestion, Cécile opinait poliment et Louise finit par l'envoyer se coucher, de guerre lasse.

Il n'était pas loin de dix heures. D'habitude, quand on se couchait si tard, c'était parce qu'il y avait une fête ou la visite de son père.

En refermant la porte de sa chambre, l'enfant resta un instant immobile, s'efforçant de s'imaginer grandir ici. La pièce était une simple soupente, ajourée d'une lucarne, sans doute la moins moche de toute la bâtisse. Juste avant de dîner, elle s'était dépêchée de déballer ses livres et sa collection de figurines Starlux pour les disposer sur une grosse commode ventrue. Les autres jouets et ses posters étaient encore dans le carton. En le poussant sous le lit, elle avait découvert un pot de chambre pour faire pipi, c'était l'habitude à la campagne, avait expliqué Louise – une habitude plutôt dégoûtante ! –, heureusement qu'il y avait les toilettes dans la salle de bains de l'étage. Cécile n'avait même plus la force d'être en colère, elle éprouvait seulement une terrible sensation de perte qui lui donnait envie de pleurer.

Alors c'était ça, la nouvelle vie géniale que maman promettait ?

Elle se décida à bouger. Elle gagna l'armoire, se déshabilla, retira la barrette rouge qu'elle avait dans les cheveux et enfila une chemise de nuit.

Sur la table de chevet, sa mère avait déposé une des lampes de famille coiffée d'un abat-jour rose. Elle voulait acheter la paix, devina Cécile, mais c'était trop facile. Demain, elle demanderait des photos de son père rien que pour l'agacer. Et aussi parce qu'il veillerait sur elle…

Après avoir éteint la lumière, la curiosité la poussa vers la lucarne. Perchée sur un tabouret, elle ouvrit le carreau et huma l'air du dehors, doux et bruissant de mystères. Cela sentait la terre et l'herbe sèche. En levant la tête, elle étouffa un cri. Jamais elle n'avait vu tant d'étoiles ! À Paris, avec les immeubles et la lumière des réverbères, le ciel semblait à des millions de kilomètres, alors qu'ici, en se dressant sur la pointe des pieds, elle avait l'impression de pouvoir toucher le velours de la nuit.

Le cœur battant, elle écouta la brise courir sur la colline, entre les branches des arbres. Planté au-dessus du village, elle aperçut la silhouette du château surmonté de ce qu'il restait de son donjon. La tour carrée, par contraste, semblait d'une robustesse à l'épreuve du temps. Un chien aboya, aussitôt imité par un autre. Tout près, une bête émit un hululement lugubre. Un hibou ? Maman saurait sûrement…

C'était étrange de savoir qu'au même âge qu'elle, sa mère avait passé ses étés ici et qu'elle connaissait les choses de la campagne ! Elle n'en parlait jamais, à cause de la guerre. Cécile savait simplement que la maison de Beaucastel avait été vendue à la mort de ses grands-parents, juste avant sa naissance.

En retournant au lit, l'enfant se demanda : Pourrait-elle jamais s'habituer à vivre ici ? Dans cette maison sinistre, c'était presque impossible à imaginer !

3

Les premiers jours passèrent dans un tourbillon. Entre le ménage, l'aménagement du « cabinet médical », les courses au village où tout le monde les considérait comme des bêtes curieuses, mère et fille s'étourdirent dans les tâches les plus urgentes.

À Beaucastel on trouvait un café-tabac-épicerie, une boucherie chevaline et une boulangerie-pâtisserie, l'église, un lavoir qui ne servait plus qu'à quelques vieilles qui préféraient récurer leur linge en bonne compagnie, une grand-place où on montait les étals du marché le samedi et une auberge qui s'animait chaque été. Grâce à la réputation de ses ruelles pavées et sa rivière qui coulait en contrebas, quelques touristes venaient s'y promener et boire un chocolat après une baignade sur les bords de la Cèze. Non loin de la mairie, l'école des filles s'adossait à celle des garçons. Les deux établissements étaient séparés par une vaste cour et un préau double, de chaque côté du mur mitoyen. C'est là que Cécile ferait sa rentrée, en septembre.

Louise lui avait montré l'ancienne maison de famille, une jolie bâtisse en pierre blanche nichée au milieu du hameau, attisant sans le savoir ses regrets de ne pas y loger plutôt que dans la « maison du docteur », car c'est ainsi qu'on l'appelait encore au village, comme si leur arrivée ne comptait pas. Malgré quelques découvertes étonnantes – les tracteurs aux roues géantes coiffés de leur petite cabine qui faisaient penser à des scarabées, le cri de la hulotte qui nichait dans l'arbre voisin de sa chambre, la crique où elles s'étaient baignées, mille fois plus agréable que la piscine Molitor ! –, Cécile n'arrivait toujours pas à apprécier ce « trou paumé », comme elle le nommait en secret. D'abord les gens vous toisaient sans se gêner, et certains chuchotaient, la main devant la bouche, en vous regardant passer. *Pas de messe basse sans curé*, mourait-elle d'envie de crier.

Le pire, c'était les enfants du village. Quand elle traversait Beaucastel pour aller chercher le pain, ils tournaient à vélo en faisant mine de l'ignorer. Les filles, un peu moins nombreuses, paraissaient aussi dégourdies que les garçons. Certaines avaient la même allure qu'eux : pantalons rapiécés aux genoux, vieux polos déteints par le soleil et cheveux en broussaille.

Peu habituée à la chaleur du Sud, Cécile était d'abord sortie avec son chapeau de paille, mais elle avait fini par le laisser sur le portemanteau parce que seuls les touristes en portaient. Elle se sentait déjà assez endimanchée avec ses robes à smocks et son unique pantalon de velours, bien trop chaud pour la saison, sans oublier sa belle barrette rouge.

Le quatrième jour, alors qu'elle traînait du côté du lavoir, s'ennuyant à mourir, un crissement de freins lui fit lever la tête.

— Salut.

Dressé en équilibre sur sa bicyclette, le garçon la dévisageait. C'était un des grands de la bande, un brun musclé qui enchaînait les acrobaties sur une roue. Derrière lui, une fille d'une dizaine d'années vêtue d'un short et d'un marcel tout avachi souriait avec malice. Le reste du groupe se tenait en retrait, apparemment indifférent, sauf le plus petit qui lançait des œillades peu discrètes. Est-ce qu'ils avaient parié de l'aborder avant de la tourner en ridicule ?

Cécile se redressa et tenta de prendre un air insouciant.

— Salut.

— C'est toi la Parisienne ?

Elle hocha la tête sans répondre. S'ils voulaient se moquer, elle n'y pouvait pas grand-chose.

— Moi, c'est Vincent, et elle Nicole, ma petite sœur. Et les autres, là-bas, c'est la bande à Bruno. Le costaud qui parle, c'est lui notre chef. Les trois gars qui écoutent sans broncher s'appellent Jean-Jean, Pierrot et Didier. Celles en train de rigoler, c'est Nalie, Tine et Mag, les filles du groupe en plus de ma sœur. Le mioche, celui qui a l'air de se barber, c'est Nanar, la mascotte. Il est un peu ravi de la crèche, mais c'est notre petiot.

La fille agita la main pour se présenter. Son sourire semblait naturel, pas du tout surjoué.

— Je m'appelle Cécile.

— On va à notre cabane, tu veux venir ?

Submergée par une vague de soulagement, Cécile faillit éclater de rire. Quelle idiote elle faisait avec ses soupçons ! Il n'y avait pas de piège ! En une seconde, elle était prête à oublier sa déception, mais elle n'eut pas le temps de répondre que déjà leur chef déboulait à toute allure. Il arrêta son vélo après un magnifique dérapage contrôlé pile entre Vincent et Nicole. La fillette lui jeta un coup d'œil coupable avant de baisser la tête. Pressentant la menace, elle se pétrifia sur place. Vincent, lui, tenta d'amadouer la petite brute.

— Hé, Bruno, la Parisienne elle peut venir avec nous ? On l'a invitée.

— T'es fada ! Elle sera jamais de mon clan, celle-là. Allez, zou, on décanille de là, ça pue la tête de veau !

Le garçon la fixait dans les yeux, dans l'espoir, sans doute, de la voir éclater en sanglots, mais elle serra les dents et ne flancha pas.

Ils s'égayèrent comme une volée de moineaux, les garçons pédalant en danseuse sur le chemin qui menait à la forêt et les filles derrière, hurlant qu'on les attende. Quand le dernier disparut, Cécile démarra en trombe et galopa sous le soleil implacable jusqu'au logis du docteur. Quelle bande de péquenauds ! De toute façon, si elle était vraiment malheureuse, sa mère ne pourrait pas l'obliger à rester ici, non ? Elle expliquerait tout à son père, il comprendrait, lui !

Dire qu'à la fin des grandes vacances elle était censée faire sa rentrée avec ces sales gamins !

— Je ne vous ai pas fait mal ?

Louise déposa la seringue sur le plateau à stériliser, puis se débarrassa de ses gants. Depuis deux jours qu'elle avait ouvert « son cabinet », la boulangère était sa première visite.

Celle-ci éclata de rire. Son accent ensoleillé la rendait encore plus sympathique.

— Du tout ! Vous êtes une vraie fée. Le vieux docteur, lui, il trouvait jamais la veine, à croire qu'il jouait aux fléchettes ! En plus il puait le désinfectant !

Les deux femmes échangèrent un sourire complice. Pendant que sa patiente se réajustait, Louise compléta son dossier.

— Je vous dois combien ?

— Rien pour cette fois, madame Jouve.

— Appelez-moi Colette.

— À condition que vous m'appeliez Louise, alors.

— Avec plaisir, Louise ! Mais il n'est pas question d'être soignée sans payer !

— Je suis superstitieuse, vous êtes ma première patiente. Alors pas d'argent pour cette fois, cette première fois !

Soudain sérieuse, Colette Jouve la dévisagea gentiment.

— Merci. Je suis gênée… Mais vous inquiétez pas, des clientes vous en aurez d'autres ! Vous savez, moi non plus j'étais pas du coin. Il a fallu un moment avant d'être acceptée au village.

— Mais quand on est parisienne et divorcée… !

— Vous faites fort, je vous l'accorde, mais vos grands-parents étaient d'ici et on les adorait. Les grincheux finiront par s'habituer…

— J'espère.

— Sûr et certain ! Vous savez comment ils sont, ces bougres de villageois ! Ça râle, ça cause mais finalement c'est plus de la méconnaissance qu'un mauvais fond. Et votre pitchoun, Paris lui manque pas trop ?

— Paris, je ne sais pas, son père sûrement.

— Je veux pas faire mon indiscrète, mais je suis curieuse… C'est vous qui avez demandé le divorce ?

— Oui. Mon mari voyageait beaucoup, il a eu des aventures, rien de très grave selon lui, jusqu'à la dernière qui est devenue une double vie. Alors, j'ai dit stop.

— Sainte Mère, je vous comprends ! Et votre fille le sait, que son papa a une autre femme ?

— Non. Je n'ai pas le cœur de le lui dire, je crois qu'elle le prendrait terriblement mal. Elle adore son père, vous savez…

— Vous faites comme vous l'entendez, mais vous ne pensez pas qu'il vaut mieux dire les choses que de les balayer sous le tapis ?

— Sans doute… Je crois que j'attends bêtement le bon moment !

— Et le droit de visite, ça se passe bien ?

— On essaie de s'arranger au mieux, ce n'est pas toujours simple. Il voyage beaucoup à l'étranger. En ce moment il vit en Italie.

— Pour son métier ?

— Oui, il est ingénieur hydraulique, il construit des barrages…

— Mazette ! En voilà une grosse tête ! Enfin, du moment qu'il peut vous aider…

— À choisir je préférerais me débrouiller seule ! Je n'ai pas envie de dépendre de lui. Vous savez Colette, les temps changent, aujourd'hui beaucoup de femmes travaillent et gagnent leur autonomie.

— À la ville sûrement, mais par chez nous les mentalités sont encore un peu raides. Tenez, moi je rêverais de conduire une automobile !

— Et qu'est-ce qui vous en empêche ?

— Gustave ne voudrait pas. Il dit que les femmes ne doivent pas conduire.

— Eh oui, ne pas conduire, ne pas voter, ne pas donner son avis !

— Sûrement que je redoute les commérages. Vous voyez, je suis moins courageuse que vous !

— Je pourrais vous apprendre, moi.

— Vous feriez ça ?

— J'aimerais beaucoup.

Colette rosit sous le coup d'une émotion violente et hocha simplement la tête en guise d'acquiescement.

— Ce sont des personnes comme vous qui montrent le chemin, ne perdez pas courage, Louise, jamais ! Et je vais vous faire une de ces publicités qu'on viendra vous voir de tout le pays !

— Merci ! Vous voyez ? Je suis largement payée !

Louise vérifia qu'il n'y avait personne dans la salle d'attente et se hâta vers la cuisine où elle avait entendu sa fille. Cécile buvait à la régalade, debout face à l'évier. En l'entendant approcher, ses muscles se contractèrent.

— Tu as fait une bonne promenade ?

La petite haussa les épaules, puis répondit à contrecœur :

— Oui…

— Oui-oui, ou oui-non ?

— Les enfants du village veulent pas jouer avec moi…

— Ça va venir, ne t'en fais pas. Les commencements sont toujours difficiles, et puis à la longue on s'aperçoit que les choses s'arrangent. Dans quelques mois tu ne te rappelleras même plus cette période…

— Et toi, tu as eu des malades ?

— Oui. Enfin c'est plutôt calme. Tu vois, moi aussi je dois prendre mon mal en patience.

— Sauf que tu es une super-infirmière, ils vont s'en apercevoir…

— Et toi tu es une fille formidable, Chérinette ! Ils le verront aussi et…

Un cri perçant l'interrompit :

— Elle est ÉNORME !

Le doigt tendu, Cécile indiquait une araignée aussi grande que sa paume en train de zigzaguer sur le mur. Louise se leva d'un bond, savate brandie, prête à frapper.

— Noooon ! Ne la tue pas !

— Mais enfin Cilou… tu viens de hurler comme si on t'égorgeait !

— Non ! Faut pas la tuer, faut pas…

Surmontant sa répulsion, la fillette s'empara d'un torchon. Elle s'approcha de la bestiole qui restait immobile, probablement alertée par les vibrations de l'air. Partagée entre l'écœurement et la détermination, la fillette parvint à la piéger dans un pli et se dépêcha d'aller à la fenêtre.

— Ouvre vite !

Sa mère s'exécuta, réprimant un sourire. Malgré sa répugnance, Cécile la libéra délicatement du tissu.

L'araignée fila en zigzag sur le mur avant de se perdre dans les herbes du jardin.

— Je crois que tu pourrais sauver une portée de ratons par pure compassion !

— Et pourquoi non ? Pourquoi on devrait les tuer ?

— Tu sais Cilou, à la campagne les gens ne goûtent guère la sensiblerie, il faudra te blinder un peu.

Cécile ravala une réplique. Elle voyait mal en quoi cela changeait d'être d'un endroit ou d'un autre. On ne pouvait pas tuer un animal gratuitement juste parce qu'il vous embêtait. Même l'idée de manger de la viande la dérangeait !

Elle alluma le poste de radio pour ne plus discuter. Louise épluchait des carottes, un oignon violet et quelques patates terreuses. Par instants, Cécile sentait le regard inquiet de sa mère. Radoucie, elle s'approcha de la table pour récupérer les épluchures qu'on gardait pour le compost. Elle s'était montrée plutôt odieuse alors que Louise avait dû passer une journée pourrie, ça se voyait comme le nez au milieu de la figure. Elle reconnaissait ce petit pli d'inquiétude qui froissait sa bouche.

Elle murmura :

— On va s'en sortir, maman, on est super fortes, non ?

— Évidemment, mon cœur.

Sa voix tremblante disait pourtant le contraire.

Elles dînèrent tôt, fatiguées par les émotions. En avalant sa soupe, Cécile demanda rêveusement :

— Comment on fait pour avoir des amis ? Je veux dire… une fois qu'on s'est présentée comment on fait pour les convaincre de vous aimer ?

— Ça ne se décide pas comme ça, Cilou. En fait, je crois que pour les vrais amis tu le sens tout de suite. C'est comme un petit signe, une chaleur qui te fait monter le sourire aux lèvres. L'autre est là, et tu as l'impression que tout est simple, joyeux. Tu sais ? comme une évidence…

— On dirait que tu parles d'amour !

— Aussi. Il n'y a pas tant de différence, finalement. Les deux demandent un engagement et rendent infiniment heureux.

— Maman, j'aimerais revivre avec toi et papa, comme avant.

— Oh, ça ne marche pas de cette façon, ma puce. On ne peut pas ranimer le passé simplement parce qu'on le veut. Imagine que tu t'entêtes à vouloir revivre la même journée qu'hier, ce serait impossible ! Il y aurait des milliers de différences, même si tu t'acharnais à reproduire le moindre détail ! Le vent serait plus frais, ton thé moins sucré, tu ressentirais d'autres émotions, un rire que tu n'as pas prévu ou au contraire une pointe de chagrin, léger mais absolument réel ! Tu comprends ? Ce que j'essaie de te dire c'est qu'avec ton papa les choses ont changé. On s'aime beaucoup et on est devenus amis, mais nous ne sommes plus amoureux.

4

En quête d'une occupation, Cécile avait suivi la rue en pente qui épousait les méandres de la rivière, effleurant du bout des doigts le parapet granuleux. À une cinquantaine de mètres, sous le lavoir, elle aperçut la bande de gamins penchés en cercle, en proie à une mystérieuse concentration.

Elle avança de quelques pas, et vit qu'ils étaient occupés à feuilleter des bandes dessinées. Bruno leva soudain la tête et s'esclaffa avec cruauté en croisant son regard. Aussitôt, les autres l'imitèrent.

Quels moutons ! pensa la fillette, mortifiée. *Ils font tout comme leur stupide chef !*

Plutôt que de les affronter, elle décida de bifurquer vers la grand-place. Ils pouvaient la prendre pour une lâche, une Parisienne chichiteuse, elle s'en moquait, eux étaient idiots et malpropres ! *Des bouseux-de-vache !* se répétait-elle avec fureur, si occupée à ressasser qu'elle ne prêta pas tout de suite attention au son aigrelet d'une fanfare.

Une étrange caravane franchissait le pont enjambant la Cèze et s'engageait sous le passage en voûte qui marquait l'entrée du village. Derrière les roulottes bariolées de vert, de rouge et de bleu, de grandes cages brinquebalaient sur leur remorque. Un gros camion fermait la marche. Sur son flanc orné d'un chapiteau rouge et or était inscrit : « Cirque Poly ».

Bouche bée, ayant oublié sa rancœur, Cécile vit déboucher une voiture jaune citron en tête de cortège. La musique qui s'échappait du haut-parleur fut soudain couverte par une voix criarde : « Mesdames et messieurs, les enfants, après une tournée triomphale dans la France entière, voici venu le plus fabuleux, le plus international, le plus abracadabrant et le plus formidable des spectacles, l'illustre cirque Poly ! Nous vous attendons nombreux au pré de l'Abbaye où chaque soir, à dix-sept heures, Monsieur Loyal *alias* le Formidable Brancalou présentera un spectacle fabuleux pour le plaisir des petits et des grands ! »

Au lavoir, les gamins s'étaient levés d'un bond et couraient déjà en direction de la parade. Cécile hésita. Si elle leur emboîtait le pas, ils ne l'épargneraient pas. Elle poursuivit son chemin, tête basse, s'efforçant de refouler ses larmes, et faillit buter sur une moto à l'arrêt. Soudain, un molosse tout cabossé lui barra la route. Il jappa d'impatience, hochant de la truffe à chaque aboi. On aurait dit qu'ayant trop attendu il donnait le signal du départ.

— Tais-toi !

Vêtu d'un blouson en cuir et chaussé de lourdes bottes, son maître s'escrimait à genoux sur le carburateur. Des outils étaient étalés sur le sol. Il étouffa un juron et leva une main ensanglantée.

— Merde ! Merde !

En se remettant debout, il avisa Cécile qui demeurait là, stupéfaite. Autour du cou, il arborait un foulard rouge. *Un tueur ou un boucher*, songea-t-elle.

— Tu es qui, toi, à me regarder comme ça ?

Convaincue qu'on lui adressait un avertissement, elle détala à toutes jambes.

— Oh, gamine ! Faut croire que j'ai l'air aussi méchant que...

Le reste se fondit dans le bourdonnement de l'air dans ses oreilles.

Grisée par sa course, Cécile se sentit soudain libérée, ragaillardie par une idée qui venait de jaillir : le pré de l'Abbaye était bien assez vaste pour tout le monde ! Elle n'irait pas se mêler à la bande des bouseux mais personne ne pouvait lui interdire d'aller regarder.

Sur la grand-place où le camion venait de déboucher, la voix du haut-parleur continuait sa harangue : « Venez rire avec les clowns, trembler avec les acrobates, et applaudir les animaux savants, sans oublier notre vedette, le célébrissime Polyyyy ! »

Cécile se demanda si ce fameux Poly était un lion d'Afrique ou bien un animal encore plus rare. Le nom n'avait rien de féroce, mais ça ne voulait rien dire. L'idée de regarder des bêtes en cage la rebutait un peu, mais la curiosité balaya ses scrupules.

Enfin, il se passait quelque chose !

Il fallut moins de deux heures pour dresser le chapiteau au centre du terrain. Bariolée comme un berlingot, la vaste toile abritait trois rangées de gradins autour d'une piste balisée par des balustrades peintes en vert. Placardée au guichet de velours, l'affiche du spectacle montrait un poney à la crinière blonde caracolant sous les lettres « POLY ».

Cela plut à Cécile. Un cheval c'était presque comme un compagnon domestique, contrairement aux lions ou aux éléphants de cirque. *Pouvait-on adorer les animaux et apprécier leur numéro ?* Elle l'ignorait, et cette indécision la mettait mal à l'aise.

Quand vint le moment de s'occuper de la ménagerie, les gamins du village, qui jusque-là s'étaient tenus à peu près tranquilles, fondirent sur les saltimbanques comme une armée de mouches et les pressèrent de questions. Pourquoi le bouc était-il noir alors que les chèvres étaient blanches ? Les chiens savants savaient-ils résoudre des problèmes de calcul ? Leur faisait-on l'école ? L'ours était-il aussi vieux qu'il en avait l'air ? Que mangeait-il ? Le singe portait-il des habits chaque jour ? Avait-il un costume du dimanche ? Combien de mots comprenait-il ? Pourquoi n'y avait-il pas de tigre ? une panthère ? un éléphant ? Ceux-ci étaient-ils vraiment aussi gros qu'on le disait ? aussi hauts qu'un platane ?...

L'équipe de forains se composait d'un jeune gitan qui boitait, d'un vieux aussi large que haut qui travaillait avec un homme plus jeune qui lui ressemblait trait pour trait, d'un grand maigre renfrogné, d'un gros plutôt vif, d'une femme-roseau – sûrement l'acrobate ! – et d'une vieille dame très maquillée.

Ils n'eurent pas à répondre car le directeur, gorgé d'importance, arriva sur ces entrefaites.

— C'est l'heure d'endosser vos costumes, les amis, on se dépêche !

Cécile, qui se tenait prudemment en retrait, comprit qu'il s'agissait de Brancalou – le fameux Brancalou du cirque Poly, comme il se proclamait lui-même –, qui avait fait la réclame par le porte-voix. Moustache ourlée en boucles, cheveux luisants de brillantine aussi noirs que ses souliers lustrés, maillot rayé et chapeau haut de forme, l'homme brandissait un fouet de huit pieds. Un large sourire dévoilait de petites dents mal plantées. Sans savoir pourquoi, la fillette le détesta d'emblée. Il avait la mine sournoise et semblait bien trop aimable, d'une courtoisie forcée que contredisait son regard perçant.

Brancalou affrontait son « public », agitant son fouet en tous sens, si bien que la bande de gamins avait reculé à trois pas de distance. Il haranguait le chaland avec une conviction frénétique :

— Approchez, approchez ! Venez découvrir la magie du cirque ! Exceptionnellement, nous donnons une première représentation aujourd'hui même, à dix-sept heures ! Bêtes sauvages ou savantes, magiciens, clowns et acrobates, le prodige est notre devise, la féerie notre métier !

Comme le moustachu reprenait son souffle, Bruno s'enhardit à poser une question, l'air crâne :

— C'est le même Poly que l'année dernière ?

— Baste ! Et pourquoi il changerait ? Poly est notre vedette, et une vedette de la sorte est irremplaçable ! Quant aux petits curieux qui posent des questions, ils trouveront leurs réponses à la représentation !

— Et les chiens savants ? Ils ont appris de nouveaux tours ?

— Je vois que j'ai affaire à un connaisseur ! Eh bien pour le savoir, achète ton billet !

— Je suis venu l'an passé, et l'autre d'avant ! Té, je parie que ce sont les mêmes clebs !

Bruno pointa le doigt sur les trois corniauds attachés à un piquet. À les voir si paisibles et nonchalants, c'est vrai qu'ils n'avaient pas l'air très savants.

Pendant une seconde, Brancalou sembla sur le point de perdre le contrôle de ses nerfs.

— Hermès, Odin et Attila ne sont pas des clebs, et contrairement à toi, mon garçon, ils connaissent les bonnes manières ! Pour t'en convaincre tu sais ce qu'il te reste à faire !

Pareille à un serpent siffleur, la tresse en cuir se mit à chanter au-dessus du crâne de l'insolent. Le directeur était peut-être fanfaron, mais il maniait son fouet mieux que personne !

Mais avant que Bruno n'ait le temps de répliquer, les clowns surgirent à ses côtés, frétillant d'allégresse, s'interpellant par leurs prénoms. Riton – c'était le petit gros – et Ficelle – le grand maigre – entraînèrent le groupe vers l'entrée du chapiteau à coups de pitreries, pendant que Brancalou accueillait monsieur le maire qui venait d'arriver.

Cécile se dissimula derrière une roulotte. Elle n'avait guère envie que Lucien lui reproche de traîner là toute seule, et puis on devinait bien plus de choses en observant de loin qu'en faisant des politesses aux adultes.

— Mon cher Brancalou, quel plaisir de vous revoir ici…

— Plaisir partagé, monsieur le maire. Beaucastel est une étape incontournable de notre tournée. Plus qu'une habitude, un honneur. Plus qu'un honneur, un bonheur !

À force d'en rajouter, on croirait des bobards ! songea la fillette, agacée. *Comment peut-il se laisser entourlouper par cet hypocrite !*

— Vous restez la semaine, j'espère ! Avec un peu de réclame dans les villages alentour et les vacanciers, vous devriez avoir du monde...

Lassée de la discussion, elle se faufila derrière un couple d'amoureux venu observer les animaux et resta dans son sillage.

Dans la première cage, un vieil ours somnolait, enfoncé dans un tas de paille poussiéreuse. Dans la suivante, deux perroquets au plumage flamboyant paraissaient dormir, des aras peut-être ? Elle avait appris ce nom en sciences naturelles. Au moins, ceux-là ne faisaient pas pitié comme leur féroce voisin !

Deux petites chèvres et un bouc chevelu qui faisait penser à un chanteur yéyé étaient parqués dans l'enclos suivant. Occupés à arracher des touffes d'herbe, ils ignorèrent la main tendue de la petite.

À côté des chèvres, les trois savants prenaient le soleil, les yeux mi-clos, attachés à leur piquet. Des chiens bâtards pas très impressionnants : le premier à moitié caniche, tacheté noir et blanc ; le deuxième, un mélange improbable d'épagneul et de bichon marron et feu ; le dernier, une espèce de terrier au pelage ras, était indéniablement le plus impressionnant en dépit de son allure débonnaire.

Le jeune gitan réapparut soudain, chargé d'un seau d'eau et d'un râteau. S'il avait toujours ses vêtements de travail raccommodés, il trimballait maintenant un petit singe perché sur l'épaule. Haute d'une vingtaine de centimètres, la bestiole arborait une redingote rouge et un bonnet d'aviateur. Sa queue, longue et sinueuse, sortait d'une culotte rouge. Fascinée par le spectacle, Cécile laissa les amoureux s'éloigner.

L'adolescent se démenait malgré son boitillement : il remplit la bassine des chiens puis celle des chèvres, retourna chercher un seau d'épluchures. En reculant pour ne pas se faire voir, la fillette heurta une cage. Un bruit de paille remuée la fit sursauter. Elle reconnut le poney à crinière blonde de l'affiche qui, blotti dans un coin, n'avait plus sa fière posture mais semblait accablé par le sort.

— Poly ! Je parie que c'est toi ! Viens me voir…

Elle chuchotait, le cœur serré devant son air triste. Comme il continuait à la fixer sans faire mine de bouger, elle se pencha aussi loin que possible, étirant ses doigts afin qu'il hume son odeur. C'est ainsi qu'on apprivoise les animaux, lui avait dit Louise.

Une voix sèche l'arrêta :

— Pas touche ! Tu le verras au spectacle, ma poupée…

Le grand Ficelle se dressait dans l'allée. Elle le reconnut à sa maigreur de cadavre, car il s'était fardé et costumé à se rendre méconnaissable : un pantalon à bretelles, une perruque rouge et un gilet à paillettes d'un vert scintillant. Sa large bouche luisait férocement, barrant un visage farineux.

— Je… j'allais pas lui faire de mal !

— Ben je me doute, il manquerait plus que ça ! Cours vite voir ta maman et dis-lui que la vente a commencé !

— La vente ?

— Celle des billets, nigaude !

Il ponctua ses paroles d'un clin d'œil, puis sourit, les dents serrées. *Est-ce une habitude ?* se demanda Cécile. *Faire semblant d'être joyeux alors qu'on ne pense qu'à vous filer une taloche ?*

— D'accord ! Au revoir !

— À tout à l'heure, petite fouineuse.

Devant le chapiteau, le maire avait disparu. Brancalou se tenait planté à l'entrée, les bras ouverts en signe d'invite.

— Attention, attention ! Première représentation ex-cep-tion-nelle ! La vente des places a débuté. Madame Gina vous attend à la caisse…

La dame qui avait dû être très belle paraissait émerger du comptoir parsemé d'étoiles puisque sa robe était faite de la même étoffe, en velours bleu nuit. Fardée outrageusement – presque autant que les clowns –, c'était la seule qui ne souriait pas et, par contraste, la seule à avoir l'air à peu près normale. Une queue venait de se former, composée d'une douzaine de vacanciers – reconnaissables à leur teint pâle –, quelques villageois, Bruno et une grosse dame qui devait être sa mère, Nicole, Vincent, la femme du bureau de tabac et la demoiselle qui faisait le ménage du curé, flanquée de deux autres gamins. Madame Gina débitait les tickets avec la dextérité d'un prestidigitateur.

Brancalou continuait à s'époumoner :

— À représentation ex-cep-tion-nelle, tarifs ex-cep-tion-nels ! Trois places au prix de deux pour les enfants de moins de sept ans. Demi-tarif pour les orphelins et les mutilés de guerre. On se dépêche, on en profite. Y en aura pas pour tout le monde !

Une pétarade fit sursauter les badauds. L'homme au foulard rouge apparut campé sur la moto. Il avait dû la réparer… Son molosse bondit vers les roulottes, attiré par les relents musqués. Pour ne pas se faire voir, Cécile se glissa aux côtés d'une matrone dans la file d'attente.

Brancalou se mit en travers du chemin, dressé sur la pointe des pieds, la mine outragée.

— Alors, toujours là, le malfaisant ? Ou dois-je dire « criminel » ?

L'autre s'esclaffa avec mauvaise humeur.

— Et m'appeler Victor, ça t'arracherait la gueule, le forain ?

— Je ne nomme pas les brigands, moi, môssieur !

Au lieu de répliquer, le dénommé Victor posa ses doigts en boucle sur ses lèvres et modula un puissant sifflet. Son chien revint se poster près de lui. Il aboya en direction de Brancalou et de son fouet.

— Retiens ton clébard ou je lâche mes fauves.

Cécile se demanda s'il parlait de l'ours ou bien des trois corniauds savants qui n'auraient pas effrayé une mouche et encore moins le solide bâtard.

Plutôt que se mettre en colère, Victor eut un rictus méprisant.

— Tes bestioles elles attendent que ça, de sortir de leur cage…

— Et moi, j'attends qu'on t'y remette…

Le petit homme reprenait de l'aplomb. Il désigna le mouchoir maculé qui recouvrait la blessure de son adversaire.

— Tu as encore du sang sur les mains, à ce que je vois…

Cécile remarqua le sursaut du motard et vit son visage s'assombrir. Elle frissonna à l'idée qu'il se jette sur le ridicule directeur, mais Victor se contenta de faire rugir sa moto et s'éloigna dans un grand fracas. En trois bonds, le molosse l'avait rejoint.

— Bon débarras !

Brancalou tentait de reprendre contenance face à son public. Il reprit son boniment avec enthousiasme :

— Allez, allez ! On va fermer la caisse ! Cinq francs la place ! Envoyez la monnaie !

Puis il s'adressa à un enfant :

— Je me trompe ou t'es orphelin toi ?

— Oui monsieur.

— Comme t'as de la chance, c'est demi-tarif pour toi !

Le directeur du cirque, content de lui, vérifiait que les billets s'écoulaient comme il l'entendait. Cécile fouilla fébrilement ses poches. Sa mère lui avait donné de quoi acheter le pain, tant pis, c'était juste un emprunt, elle n'avait pas le temps de rentrer sinon elle louperait la représentation. Il fallait qu'elle voie ce spectacle. Elle compta ses sous : deux francs et quatre-vingt-dix centimes, trois francs et dix… *Zut et mince et merde !* Il n'y avait pas assez !

Par l'entrée du chapiteau, on percevait la rumeur d'impatience du public.

Dépitée, la petite retourna vers les cages dans l'espoir d'apercevoir les préparatifs du poney.

La cage-enclos était vide.

Elle allait renoncer quand elle entendit un léger cri. Le gitan venait de surgir de l'arrière du chapiteau, par un passage camouflé. Le petit singe sautillait sur son bras, en proie à une vive agitation.

Sans réfléchir, la fillette avança vers le pan de toile qui bâillait légèrement et, une fois assurée que personne ne pouvait la voir, elle se glissa en avant, dans l'espace sombre qui s'ouvrait comme une bouche.

Elle eut juste le temps de penser *c'est pareil au terrier d'Alice !* et l'obscurité l'avala.

5

Elle déboucha sous les gradins, non loin des coulisses fermées par un rideau rouge, et rampa de façon à rester à la lisière de ce couloir tout en gardant une vue sur la piste en terre battue. De sa place elle apercevait les chiens savants tenus par Ficelle, qui attendaient le début du spectacle.

Son cœur s'emballa. Un jour, sa mère avait parlé de « l'envers du décor » à propos de la réalité. À cet instant, Cécile en comprit exactement le sens. D'ici elle verrait tout, les choses cachées dans l'ombre et le spectacle sous la lumière.

Une rafale d'applaudissements crépita au-dessus de sa tête, puis la fanfare éclata, annonçant la parade des animaux.

— Mesmoiselles, médêmes, messieurs et les petits éléphants... euh, les petits enfants... Bienvenue au cirque Poly !

Brancalou avança dans le cône de lumière, entouré d'Hermès, Odin et Attila, perchés sur leurs pattes arrière. Attifés pour l'occasion de jupettes, de pompons et de bonnets à grelots, les corniauds ressemblaient à des bouffons du Moyen Âge. Sous les directives de leur maître, ils enchaînèrent les sautillements, traversèrent des cerceaux, prirent la pose sur des tabourets et aboyèrent en cadence quand ils répondirent à des problèmes simples – *ouaf-ouaf* pour oui, *ouaf* pour non. Ils jouèrent la mort et la résurrection puis finirent sur un tango à trois, si ridicules et adorables que Cécile fut incapable de décider s'il fallait rire ou les plaindre.

Les clowns prirent la suite. Puis entrèrent en scène l'ours, en compagnie de son montreur, et les chèvres qui faisaient du calcul mental avant que madame Gina n'entame son numéro de voyance dans son fourreau de velours bleu. La dame réussit à deviner le prénom et l'âge ainsi que le métier de trois spectateurs choisis parmi la foule. Elle prédit une noce et une paire de fiançailles ; elle décrivit aussi avec une grande précision des objets pris au hasard dans le sac des vacanciers…

Chaque attraction était ponctuée par le discours du directeur, peu avare en rodomontades. Cécile oscillait entre l'émerveillement et un malaise indéfinissable ; il y avait quelque chose de forcé qui sonnait faux malgré l'habileté des artistes. Et puis ce Brancalou à la moustache frisée jouait trop de son fouet. Vues de sous les gradins, à la lumière crue des projecteurs, ses mimiques se changeaient en grimaces. L'instinct de la fillette lui criait que cette comédie recelait une menace…

Brusquement, le ouistiti en redingote surgit à ses côtés. Il tenait à son bras un minuscule seau orné d'une balayette. Ils se toisèrent une seconde, ahuris, jusqu'à ce qu'un sifflement rompe le charme :

— Pss !

Le gitan se tenait juste à l'entrée des coulisses, encombré d'un balai. En croisant son regard, Cécile rougit. Allait-il la dénoncer ? Il ne semblait pas en colère, plutôt perplexe et amusé.

Il finit par hausser les épaules et se décida à pénétrer sur la piste. Là, il entreprit de nettoyer le sol. Son animal lui emboîta le pas en imitant chacun de ses gestes avec gravité. Son habit d'aristocrate couplé à l'inutilité de son labeur microscopique déclencha une vague de rires dans les gradins. Une fois sa tâche achevée, le duo s'esquiva sous les acclamations.

Le clou du spectacle pouvait commencer. Il y eut un roulement de tambour et Brancalou réapparut. Il s'était changé durant le court entracte et arborait à présent une queue-de-pie rutilante.

— Voilà maintenant celui que vous attendez tous, cet artiste légendaire des îles de l'Écosse, l'artiste que le monde entier nous envie, l'unique, le prodigieux, l'incroyable, le sensationnel Poly !

Le cône de lumière se détacha de lui pour illuminer le rideau des coulisses. La foule retint son souffle. Le tambour roulait, roulait mais rien ne se produisit, et tandis que le silence perdurait, Cécile perçut un subtil changement d'atmosphère.

Sur la scène, la voix de Brancalou se fit plus aiguë :

— Il se fait désirer, comme toutes les vedettes… Vous voulez voir Poly ?

Les enfants esquissèrent un « oui » timide.

— Pardon ? J'ai rien entendu. Vous voulez voir Poly ?

— Ouiiii ! rugit le public.

— Alors on va l'appeler ! Po-ly ! Po-ly ! Po-ly ! Po-ly !

Poussé et tiré par les deux clowns, Poly déboucha dans le passage où les chiens avaient patienté. Aussitôt Cécile sentit son sang se glacer. Nul besoin d'être maligne pour deviner que les cris tétanisaient le petit cheval. On l'avait harnaché d'une lourde selle. Il remuait la tête de gauche à droite en soufflant, visiblement affolé. Plus les hommes insistaient, plus l'animal résistait, arc-bouté sur ses pattes raidies.

Aiguillonnés par l'impatience de la foule – et celle de leur directeur, sans doute ! –, Riton et Ficelle entreprirent de stimuler la bête rétive à coups de pied, puis, comme rien n'y faisait, ils lui infligèrent des claques sur les flancs et même sur le mufle. Insensiblement, la distance diminuait et, quand ils arrivèrent face au rideau, presque à le toucher, la résistance du poney parut céder d'un coup. Il se propulsa au milieu de l'arène et s'arrêta devant le directeur, hochant toujours la tête.

— Et voilà ! Poly vous a entendus !

Brancalou fit une fois encore claquer son fouet, non sans frôler au passage l'échine de l'animal. Il l'avait fait exprès, Cécile l'aurait juré. Elle se détendit pourtant, persuadée que tout serait plus facile maintenant qu'il était en piste.

Elle se trompait.

Le poney se dérobait à Riton, son cavalier. Il reculait en piaffant, tournait et retournait sur lui-même en tapant des sabots. Le public riait, persuadé de voir une feinte comique. Cécile restait sur ses gardes ; même si elle appréciait de voir le méchant clown malmené, elle demeurait méfiante après ce qui s'était passé dans les coulisses. Le numéro était pourtant de plus en plus comique. Riton tentait d'escalader la selle sans jamais y parvenir. Faute de mieux, il voulut s'élancer depuis le trampoline et dégringola trois fois par terre. Il s'aida d'un escabeau, d'un marchepied, d'un coffre. Chaque fois, il roulait sur le sol. Quand Ficelle vint à la rescousse et lui fit la courte échelle, ils valdinguèrent ensemble. Poly refusait de porter un cavalier et les spectateurs exultaient à chaque rebuffade. Cécile serrait les poings. *Bravo ! Envoie-les au diable, ces idiots !* Pourtant son inquiétude grandissait. Brancalou s'énervait. Dans les gradins, personne ne le voyait, mais vu des coulisses c'était aussi clair que le nez rouge de Ficelle !

— Eh bien, monsieur Riton ? Je croyais que vous montiez... or là vous descendez ! Je dirais même que vous dévalez la pente !

Piqué au vif, Riton se retrouva par miracle perché sur la selle. Pas longtemps. Comme traversé par la foudre, Poly le fit dégager dans une formidable ruade accompagnée d'un hennissement sonore. Riton mordit la poussière sous les hourras des spectateurs, persuadés d'assister à un nouveau genre de rodéo. Pour ces paysans accoutumés aux chevaux de charroi, il n'y avait pas plus comique que ce duel entre l'improbable poney et l'absurde écuyer !

Tandis qu'on s'esclaffait, Riton enfila une sorte de baudrier relié à une corde et se laissa hisser par son compère, le visage froissé d'une affreuse grimace.

Il se trouva bientôt, balançant à deux mètres du sol, suspendu à une poulie fixée en haut du mât central.

Ficelle commença à imprimer un ample mouvement de rotation, de sorte que le malheureux clown survolait à présent le petit cheval, s'efforçant de lui attraper la crinière. Ses tentatives durèrent un tour, puis deux. Au début du troisième, Poly courut à un contrepoids qu'il dénoua d'un coup de dents adroit, visiblement appris. Libérée de son attache, la corde se mit à défiler et, à l'aide d'un ingénieux système d'engrenages, Riton à monter le long du chapiteau. Parvenu à la pointe du mât, il demeura accroché comme un cochon pendu, tête en bas. Sa voix prit soudain des accents de conviction terrible, si bien que les plus endurcis en eurent des frissons :

— Poly, je t'en supplie ! Fais-moi chevillette et ma bobinette chutera ! Détache la corde, mon brave petit, sinon je risque de m'asphyxier.

Il désignait un gros levier en bois à actionner, logé sur une plate-forme. La seule façon d'y accéder consistait à emprunter un plan incliné qui menait à une poutre étroite, à deux mètres de hauteur, puis à la traverser.

Le silence tomba et on entendit un « oh » de frayeur. Voilà qui était tout bonnement impossible, surtout après un tel numéro de rébellion ! De plus, un cheval n'est pas un funambule, si leste et si petit soit-il, chaque spectateur ici le savait !

L'heure était grave… Brancalou cessa brusquement de gesticuler pour annoncer, la mine grave :

— Ce numéro de haute voltige, aucun acrobate à quatre pattes n'est capable de l'exécuter. Aucun… à l'exception de notre Poly ! Lui seul le peut, et il va le faire !

Le tambour roula et roula encore. Cécile, fascinée autant qu'apeurée, ne perdait pas une miette du spectacle. Le poney demeurait figé devant le plan incliné où Ficelle l'avait mené. Plus haut, Riton s'égosillait sans qu'on sache vraiment si c'était comédie ou frayeur :

— Pitié ! J'ai peur ! Je vais tomber ! Il faut l'encourager cet… ce petit cheval, allez les enfants ! Poly, Poly !

Les enfants suivirent en chœur, timidement : « Po-ly ! Po-ly ! »

Comme rien ne se produisait, Ficelle et Brancalou conjuguèrent leurs forces pour inciter le poney à se lancer. Le public en fut galvanisé et la clameur gronda comme les vagues d'un océan furieux. Depuis sa place, pourtant, Cécile distinguait un tout autre spectacle. Les deux hommes enfonçaient vicieusement leurs poings dans les flancs de l'animal.

Le cheval parut enfin se décider. Il grimpa sur la planche et s'arrêta à la lisière de l'étroite poutre. Point n'était besoin d'être savante pour comprendre sa panique. De là où il était, l'abîme devait s'ouvrir, vertigineux.

Le tambour reprit, éteignant le cri des enfants. Chacun retint son souffle.

Brancalou leva son fouet. Un coup zébra l'air et atteignit l'encolure du poney. Poly engagea une jambe et avança d'un pas, suivi d'un autre, en équilibre précaire. Au troisième pas, il manqua de trébucher et par miracle reprit son aplomb, le corps parcouru de tressaillements. Un instant, il demeura ainsi, au beau milieu de la poutre, comme flottant dans le vide. Riton gémissait toujours, battant des pieds, sans qu'on sût encore s'il souffrait vraiment.

La voix du directeur tira les spectateurs de leur stupéfaction. Elle était sèche, autoritaire :

— Monsieur Poly, dépêchons à présent, assez de caprices !

Le petit cheval se remit en route et finit la traversée comme dans un rêve. D'un coup de tête, il actionna le levier, faisant dégringoler Riton dans le vide. Le clown s'écrasa plus bas, sur le sable, les bras désarticulés, soudain immobile. Mort ?

Un « oh » consterné s'éleva de la foule. Puis un silence aussi profond qu'un puits. Alors, d'un saut, le gros bonhomme fut debout. Un sourire rouge lui fendait le visage, si large que tous éclatèrent de rire.

Poly fut escorté en triomphe jusqu'au rideau et disparut dans les coulisses sous les ovations.

Brancalou faisait déjà la réclame des confiseries que madame Gina proposait, dans une panière bariolée de rubans.

Profitant du tapage, Cécile rampa vers la barricade des coulisses, assez près pour voir et entendre tout en restant parfaitement dissimulée. Le poney se tenait dans le passage, les jambes tremblantes, les flancs soulevés par un souffle rapide tandis que Ficelle et le gros Riton le houspillaient vertement.

— Bougre d'idiot, tu ne pouvais pas faire ton numéro au lieu de nous faire tourner en bourrique ?

— À croire que cette sale bête se plaît à me laisser pendu là-haut comme un jambon !

Le rideau se souleva et Brancalou déboula à son tour, visiblement furieux. Il assena un coup sur la croupe de l'animal et tempêta.

— On a beau faire, on n'arrive à rien avec celui-là. Il va nous ruiner la saison. Même le clou, ça n'a pas suffi…

— Le clou du spectacle…

Ficelle ricanait, sans doute fier d'un jeu de mots. Le directeur lui décocha une claque qui le rendit muet.

— On va se débarrasser de cette mule ! Et on va la remplacer par un autre canasson, plus obéissant…

— Et le public ? risqua Riton.

— Le public n'y verra que du feu. Du moment qu'il a son content de paillettes, il n'attend que ça, des entourloupes bien ficelées, du cocasse et de la tragédie ! Tu n'entends pas ce silence plein d'excitation quand tu fais le mort ?

— N'empêche… Et lui ?

— Lui ?

— Ce satané poney !

— On n'aura qu'à le fourguer au boucher, qui nous en fera des saucissons. Comme Alezan, vous vous en souvenez, du saucisson d'Alezan ? Un régal !

Collée aux planches, l'enfant s'était recroquevillée sur sa terreur. Elle n'y comprenait plus rien. *Le clou ? Du saucisson ? De quoi parlent ces sadiques ?* C'était encore pire qu'elle croyait !

6

On arrivait au dernier numéro, celui de l'acrobate, mais Cécile n'en vit rien, hantée par les menaces des trois forains. Elle imaginait le brave petit poney suspendu à un croc de boucher, le ventre ouvert, l'œil vitreux. Voilà comment on récompensait les bêtes pour leur travail ! Pour le plaisir qu'elles donnaient aux spectateurs ! Un couteau de boucher !

Quand elle eut assez ragé, un grand calme l'envahit. Pas question de rester sans rien faire ! Il lui fallait un plan, et d'abord continuer à espionner...

Tandis que le chapiteau se vidait, Poly était toujours dans les coulisses, tête basse. Riton et Ficelle l'emmenèrent enfin en tirant méchamment sur la longe. Cette fois, pourtant, le poney se laissa entraîner sagement.

Cécile s'extirpa de sa cachette, marcha le long de la tente et, après s'être assurée que le chemin était libre, se glissa entre deux roulottes.

Dans l'enclos, Riton avait disparu et Ficelle retirait la selle imposante du dos de Poly. Le cheval sursauta, avec un hennissement de douleur. Le clown grommela :

— Si seulement t'étais plus obéissant, le patron t'aurait pas infligé ce traitement ! Un poney qui veut pas se laisser monter, c'est comme une girafe sans cou !

Du cuir de la selle, Cécile vit la pointe acérée d'un clou dépasser. C'était donc ça « le clou du spectacle » et la raison des ruades de Poly ! S'il se dérobait si férocement à son cavalier, c'était à cause de la douleur !

En se haussant sur la pointe des pieds, elle découvrit la plaie sur l'échine du pauvre animal. La peau déchirée laissait entrevoir la chair sanguinolente mise à vif par la pointe métallique.

Ficelle s'était emparé d'une bouteille de gnôle dont il but une lampée. Après avoir émis un rot sonore, il en versa comme désinfectant sur la blessure sans se soucier du gémissement que laissait échapper le poney. Enfin satisfait, il se décida à sortir, et cadenassa l'enclos. Poly attendit un instant puis partit se réfugier dans un recoin, accablé, le dos sillonné de frissons. La douleur lui arrachait une plainte sourde.

Ficelle s'éloignait quand Riton l'apostropha vivement. Il s'activait sur une sorte de poulie montée sur une potence, et, à l'aide de cette grue improvisée, il soulevait une lourde caisse qu'il disposa adroitement à l'arrière d'un camion.

— Oh, tu ne vas pas te boire toute la boutanche tout seul.

— Je bois pas, je me désaltère ! Je dois encore nettoyer les cages et nourrir Teddy Bear.

— Et je fais quoi, moi ? Du tricot ?

— Toi tu fais ton boulot.

— Autant dire le plus dur ! Qui se retrouve pendu par le fond de la culotte chaque jour ?

— Allez, t'as raison, on va s'offrir une pause !

Les deux compères s'éloignèrent en discutant.

Cécile patienta trois bonnes minutes, le cœur battant. Il n'y avait plus personne. Elle finit par se décider à rejoindre l'enclos, glissa la main à travers les barreaux.

— Poly, j'ai tout vu ! N'aie pas peur petit cheval, je suis là maintenant !

L'animal recula devant l'intrusion et parut rétrécir sur place. Pour réagir ainsi, il avait dû être maltraité souvent…

Les yeux embués de larmes, elle chuchota :

— N'aie pas peur, petit Poly. Je te ferai pas de mal, promis ! Ce sont des mauvais, des galeux, des sadiques et ils sont même pas drôles !

Le poney hennit douloureusement. Accablée par le sentiment d'impuissance, la fillette se mit à examiner la prison, les solides barreaux de fer, la serrure qui cadenassait l'issue. En réalité, l'enclos se résumait à une immense cage posée à même le sol. Faute de clef, il aurait fallu une main géante pour soulever l'ensemble afin de libérer l'animal. Dégoûtée, Cécile grommela entre ses dents : « T'en fais pas, je vais pas te laisser te faire manger, on va trouver un moyen ! » Elle chercha autour d'elle un outil capable de briser le verrou, ne vit rien que le palan dont s'était servi Ficelle…

— Qu'est-ce que tu fais ici ?

La question lui glaça le sang. Elle se retourna, le souffle coupé, mais heureusement ce n'était que le petit gitan.

Il avait dû enfermer son singe quelque part, sûrement dans une cage minuscule parce qu'il devait être pareil que les autres barbares, même avec sa tête d'innocent !

L'indignation permit à Cécile de le toiser sans honte.

— Rien. Je regardais.

— Ça, je vois bien. Tu regardes même des tas de choses depuis tout à l'heure.

— Et alors ? Tu vas cafter ?

— J'ai pas dit ça.

— Tu veux quoi, alors ?

— Je crois que quelqu'un te cherche. Une dame !

— Oh !

Sa colère fondit aussitôt pour céder la place à l'inquiétude. Il était affreusement tard et sa mère était sûrement en train d'ameuter le village !

Elle démarra en trombe sans même saluer le garçon. Après tout, il appartenait à ce sale cirque, qu'il la croie mal élevée ou ingrate, elle s'en fichait bien !

Louise était en pleine discussion avec un Brancalou rayonnant. En entendant le bruit de cavalcade, elle leva son visage pincé d'angoisse.

— Tu es là ! J'étais morte d'inquiétude ! Comment as-tu pu disparaître de la sorte ? Tu as oublié l'heure de rentrer ? Où étais-tu ?

— J'étais à la rivière ! Et ensuite je suis venue ici, et il y avait des animaux et puis j'ai oublié l'heure, tu sais…

Le directeur s'interposa entre elles. Vue de près, sa moustache luisait comme deux tortillons de réglisse.

— Coucou, ma mignonne, tu es aussi adorable que ta maman, toi ! Et le papa ? Où est le papa ?

— Oh ! Il est loin. Parti. Il n'y a plus…

Louise rougit, ennuyée d'avoir répondu à la question indiscrète. Dressé comme un coq de combat, la poitrine gonflée, le petit moustachu lui parut aussi comique qu'embarrassant, surtout quand il se hissa sur la pointe des pieds pour chuchoter à son oreille.

— Et moi je prétends qu'il faut être totalement, irrémédiablement fou pour laisser ainsi tant de beauté et de charme à la merci de n'importe quel inconnu !

Il recula aussitôt pour ne pas lui laisser le temps de protester et d'un geste habile lança une pluie de paillettes dorées sorties de sa pochette.

— Il est tard, nous devons rentrer. Bonsoir monsieur.

— Appelez-moi Brancalou… ou Ernest, madame. Et venez profiter du spectacle, pour vous ce sera gratis !

Cette fois, il fit apparaître deux billets avec l'aisance d'un magicien et les tendit, non sans accomplir une petite courbette.

Louise remercia avec gentillesse et se dépêcha de prendre congé. L'inquiétude lui serrait encore le cœur. Durant le chemin du retour, elle fit à Cécile un vrai sermon sur les règles à respecter, les heures du déjeuner et du souper, les coups de main à donner, et surtout elle devait prévenir quand elle partait quelque part. Elle voulait faire comprendre à sa fille la peur qui l'avait saisie en découvrant sa disparition, mais Cécile restait muette. Au bout d'un moment, ce silence finit par l'inquiéter.

— Cilou, cesse de bouder, je veux juste que tu promettes de ne pas recommencer.

— Je promets.

— Alors pourquoi fais-tu cette tête de six pieds de long ?

— Et toi pourquoi tu as pris les billets ?

— Quelle drôle de question ! Pour voir le spectacle, nigaude !

— Je l'aime pas, moi, ce monsieur...

— Tiens donc ! Il a l'air très gentil, pourtant !

— Il a l'air...

— Enfin, ma puce, on ne peut pas juger les gens sur leur mine ! Tu n'as pas envie d'aller au cirque ? Pourquoi je t'ai retrouvée fourrée là-bas dans ce cas ?

— J'ai vu leur spectacle...

— Avec quel argent ?

— J'ai pas payé...

— Tu plaisantes ! Tu as resquillé ? Si on commence à raconter que tu chapardes, que vont dire les gens ! Tu ne penses pas que c'est déjà assez compliqué en arrivant de Paris ?

— Qu'est-ce que ça peut leur faire à ces pedzouilles ? Et puis t'arrêtes pas de me disputer !

— Oh, Cilou ! Je sais que tu as besoin de temps, mais mets-toi à ma place... Pour moi non plus ce n'est pas facile.

— Je m'excuse.

— Chérie... Allez, on fait la paix, tu veux ?

Hochant la tête, l'enfant offrit sa menotte en guise de réconciliation. Louise avait retrouvé son sourire et elles marchèrent en silence, sous le ciel embrasé du crépuscule. Un instant, Cécile hésita à confier ce qu'elle avait vu, mais la fatigue brouillait ses idées, et puis cela ne ferait que s'ajouter aux soucis de sa mère. Elle savait bien que ce nouveau départ n'était pas simple. Louise était trop seule, trop belle et trop libre. Ça rendait les gens jaloux, même à Paris.

La fillette n'avait plus qu'une envie, retrouver sa chambre, se plonger dans un livre, oublier le cirque et les animaux malheureux.

L'image du petit cheval, pourtant, ne la lâchait pas. Il fallait faire quelque chose et empêcher qu'il finisse en saucisson.

« Poly, murmura-t-elle, Poly, joli, cagibi, aïoli, mélancolie, brocoli… »

7

Le lendemain matin, au petit déjeuner, Cécile déclara qu'elle « travaillerait » afin de préparer la rentrée des classes. Louise parut contente, mais elle était déjà préoccupée par ses rendez-vous. La veille, une petite dame avait promis de passer montrer son « urticaire ». Et peut-être d'amener le vieux cousin qui souffrait d'une entorse.

La petite réfléchit un long moment. Il fallait tourner une lettre à son père qui le force à venir sans trop l'affoler. Finalement, elle écrivit d'une main appliquée :

Mon cher petit papa,

Tu me manques beaucoup. Je sais qu'on se verra après les vacances mais c'est encore dans longtemps. Si tu venais nous voir dans notre nouvelle maison ? Ça ferait plaisir à maman, et à moi aussi, tellement ! Ici c'est pas pareil que chez nous.

À la campagne, il se passe des choses pas jojo. Je te raconterai quand tu viendras.

Je t'embrasse. Je t'aime.

Cécile

Après avoir collé un timbre et rangé l'enveloppe dans sa poche, elle sortit un cahier de brouillon et entreprit de tracer un schéma avec la poulie de Ficelle, le palan et la cage-enclos. L'image de la main géante et la facilité avec laquelle le forain avait déplacé la caisse lui avaient inspiré une idée. Elle fit trois dessins successifs avant d'être interrompue par la voix de sa mère :

— À table !

La cuisine embaumait la viande mijotée.

— C'est quoi ? Du cheval ?

— Non, du veau. Avec des champignons à la crème. On va se régaler.

— Le petit de la vache ?

— Oui, bêtarelle. Tiens, mange tant que c'est chaud.

De mauvais gré, Cécile commença par tremper son pain et avala la mie. Profitant que sa mère était occupée à se servir, elle écarta prestement les morceaux de viande dans un coin de l'assiette. Elle demanda à sa mère comment s'était passée la matinée, l'écouta raconter avec enthousiasme les trois visites, une vilaine entorse, une toux chronique et l'examen général de la commère de Beaucastel, sans doute venue pour juger de sa compétence ! Avec la boulangère, cela faisait à présent quatre patients qui reviendraient, elle en était convaincue !

— Tu vois comme les choses s'arrangent, il suffit de garder confiance. Et Lucien a promis de m'envoyer son neveu tantôt.

— Maman ! Tu te mets à parler comme eux !

— Ma foi, les habitudes reviennent vite. Ça te gêne ?

Louise riait et l'enfant n'eut pas le cœur de lui dire la vérité. Sa mère si jolie qui parlait comme les paysans, oui, c'était bizarre et un peu dérangeant. Elle haussa les épaules.

— T'as qu'à y retourner, je ferai la vaisselle.

— Tu es un amour...

Touchée par la proposition de sa fille, elle se dépêcha de finir sans prêter attention à son tour de passe-passe.

Une fois seule, Cécile enveloppa la viande dans un mouchoir. Ensuite elle débarrassa la table, lava les assiettes, les mit à égoutter et passa l'éponge sur la table en formica. Satisfaite de ses efforts, elle sortit sur la terrasse qui surplombait le jardin. Louise avait remisé les seaux dans un coin et disposé quelques pots d'aromates, thym, laurier et sarriette. En contrebas, l'herbe jaunissait sous le soleil de plein midi. Le chant des cigales semblait émaner de la terre écrasée de chaleur. Du ciel pulsait une lumière crue, aveuglante.

Elle descendit les marches, avança vers le verger laissé à l'abandon. Quand elle jugea qu'elle s'était assez éloignée pour ne pas se faire surprendre, elle chercha un coin d'ombre, sous un buisson d'épineux. La terre était si sèche qu'elle dut s'aider d'une pierre pour creuser un trou assez profond pour faire une tombe. Elle déposa le mouchoir gluant de viande, reboucha soigneusement, tassa la poussière et ajouta un tas de cailloux au-dessus. Ensuite, elle façonna une croix avec deux brindilles, liées par un brin de paille.

— Repose en paix, petit veau. Au paradis des bêtes les sales bouchers sont des fourmis !

Elle se signa gravement et se remit debout. La rumeur des insectes fut soudain traversée par un stridulement tout proche. Une cigale ? Elle n'en avait jamais vu en vrai. Elle avança vers la source du bruit et découvrit un insecte aux ailes d'un vert transparent. Le chant s'interrompit à son approche. Émerveillée, Cécile recula doucement. Cigale ou criquet ? Il faudrait demander...

Soudain elle aperçut une brillance, un éclat de soleil se reflétant dans le verre d'une porte battante qu'on pouvait distinguer au travers de la végétation qui dissimulait la serre. Elle n'y était encore jamais entrée...

Elle s'avança. Curieuse de découvrir ce qui s'y cachait, elle s'acharna contre la porte entrouverte grippée. Alignés sur une planche à tréteaux, on avait remisé des plants desséchés, quelques pots vides, des plantoirs, griffes et serfouettes à demi rouillés. Le reste des lieux, bien plus vaste qu'on ne l'aurait deviné de l'extérieur, avait été vidé et présentait un espace de terre battue d'une quinzaine de mètres carrés. L'idée surgit, lui coupant le souffle. *Terre-battue-Poly...*

Il fallait s'assurer que ce serait faisable et attendre le moment propice.

Elle tourna et vira dans sa chambre, en proie à une agitation grandissante. Louise avait prévu de l'emmener au village faire quelques courses et boire un diabolo menthe, comme deux vacancières. Ce serait l'occasion de vérifier si le palan et la poulie étaient toujours à la même place.

Elles partirent un peu avant cinq heures d'un pas léger. Cécile décida que c'était le moment ou jamais de tester la bonne volonté maternelle.

— Maman… je pourrais avoir un animal ?

— Quel genre d'animal ? Un poisson rouge ?

— Pff, tu te moques de moi ! Avec un poisson on peut pas discuter.

— Tiens donc ! Je croyais que toutes les bestioles étaient bonnes à aimer !

— À la campagne, un poisson c'est quand même idiot.

— Un chat, alors ?

— Ou un gros chien, comme ça, je pourrais monter dessus.

— Et pourquoi pas un cheval tant qu'on y est !

— Ça coûterait combien, tu penses ?

— Houlà, bien trop de sous pour ma bourse, Chérinette !

— Même un tout petit ?

— Même… Le chien, un petit chien, on verra à la rentrée, si tu as de bonnes notes à l'école, d'accord ?

— Oui.

— Ma foi, c'est un tout petit « oui », ça ! Et moi qui pensais que tu allais sauter au ciel…

Elles étaient parvenues sur la place du village. La vitrine de la « Maison Martin » présentait saucissons, cervelas, mortadelle, andouille et jambon fumé de cheval. La viande était d'un rouge profond, presque noir. Une affichette proclamait : « Achat, vente et abattage. Boucherie de premier choix ! Haché sur demande. »

Une autre pancarte montrait un cheval découpé en pointillé avec pour chaque morceau, le nom correspondant. Horrible.

Dégoûtée, Cécile releva la tête. Des yeux moqueurs la fixaient. Elle reconnut Bruno, affublé d'un tablier à carreaux. Il se tenait campé derrière le comptoir, les poings sur les hanches. C'était lui, le fils du boucher ! Elle détourna le regard, tétanisée. Ce seraient lui et son père qui trancheraient la gorge de Poly. Peut-être même suspendraient-ils l'animal par les pattes arrière, comme on faisait pour les cochons.

— Tu viens ?

Louise désignait le café-tabac-épicerie. Devant, une moto stationnait. L'enfant reconnut celle du sale type au molosse. Beaucastel n'était plus un village, c'était un mouchoir de poche, un piège où tout le monde se croisait et cancanait sur son prochain.

Elle secoua la tête en apercevant le type dans le café qui s'entretenait avec le tenancier, un fort à moustache.

— Non. Je vais poster une lettre pour papa. Je te rejoins après !

Elle fila avant d'avoir à se justifier.

En pénétrant dans le café, Louise buta sur l'homme en tenue de motard, au regard triste, un peu perdu.

— Je vous demande pardon.

— Non, c'est moi, je vous en prie…

Ils rougirent d'embarras et finalement Victor la contourna pour sortir.

Le patron avait observé la scène avec attention. Il lança non sans une pointe de malice :

— Ça vous intéresse les motos ?

Comme Louise hésitait à répondre, il ajouta plus sérieusement :

— Méfiez-vous quand même de lui, au pays on le nomme « le bizarre du château ».

— Il y travaille ?

— Pas vraiment.

Deux vieux accoudés au bar se mêlèrent à la conversation.

— Je dirais plutôt qu'il travaille du chapeau, notre Victor !

— Et il laisse plus personne entrer, allez savoir ce qu'il fricote là-haut !

Devant la mine perplexe de la Parisienne, pris de remords, le patron expliqua gentiment :

— Le château, il en a hérité à la mort de sa femme.

Le vieux accoudé au zinc renchérit d'un air de conspirateur :

— Une drôle d'histoire…

— « Drôle »… façon de dire. Elle, c'était le genre artiste de la haute, une grande pianiste. Elle s'est amourachée de Victor et lui d'elle. Ils se sont mariés mais une nuit, un an après les noces, y a eu le feu au château. La pauvre est morte dans l'incendie. Alors on l'a accusé, lui, d'avoir mis le feu, exprès…

— Et pourquoi, grands dieux ?

— Certains ont prétendu que c'était à cause de l'héritage.

— C'était vrai ?

— Allez savoir…

— On dit beaucoup de choses, non ?

Louise se sentit gagnée par la colère. Sa position de femme divorcée devait causer le même genre de rumeurs ! Il n'y avait rien à faire d'autre que courber le dos et attendre que ça se calme. Elle interrogea fébrilement :

— Et alors ?

— Il a été mis en prison, puis relâché, plus ou moins innocenté.

— Alors vous voyez, il n'était donc pas coupable !

— Té, plus ou *moinsse*, sans preuve faut bien, n'empêche que par ici on dit qu'il y a point de feu sans fumée !

Le vieux poivrot la toisait, goguenard. Louise renonça à répliquer et commanda un diabolo menthe pour la petite et un panaché pour elle, rien que pour le plaisir de la provocation. *Femme divorcée et pilier de bar...* Pour la centième fois elle se demanda si venir vivre à Beaucastel n'avait pas été une solution trop radicale.

Cécile courut d'une traite jusqu'au pré de l'Abbaye. Le moment était idéal puisque le spectacle battait son plein sous le chapiteau.

Elle se faufila entre les roulottes, jusqu'à l'enclos de Poly. Le poney devait être dans le couloir des coulisses en train de se faire martyriser. Elle frissonna de colère. Heureusement, l'enclos était juste posé au sol sans aucun système pour l'arrimer. Elle testa la solidité des barreaux en poussant de toutes ses forces de façon à ébranler l'ensemble mais parvint tout juste à faire bouger la cage de quelques millimètres. *Peu importe !* Si son idée marchait, ce ne serait pas trop difficile à déplacer...

Le palan et la poulie étaient toujours là. Elle chercha où les accrocher. Le camion était trop loin et pas assez haut. En revanche le châtaignier qui bordait le terrain pourrait faire office de support. Elle avisa une échelle rangée le long du camion dans lequel Ficelle avait chargé la caisse. Cela devrait suffire...

Elle repartit en courant, sans prendre la peine de souffler. La seule boîte à lettres du village était à la mairie, à quelques pas du café. Elle devait trouver une excuse à son retard.

Le lavoir. Je dirai que j'ai eu chaud et que j'ai voulu tremper mes pieds. Que j'ai croisé une fille. Qu'on s'est parlé.

En arrivant à bout de souffle devant l'épicerie, elle se rappela le diabolo promis par sa mère. Un élan d'optimisme la traversa. Il fallait agir vite. Pas question de laisser le pauvre poney à la merci du boucher. Elle avait trouvé le moyen et le refuge. Restait à saisir le meilleur moment pour agir. Elle n'aurait qu'une seule chance...

Le dieu des bêtes veillait peut-être sur Cécile, car elle terminait la vaisselle du dîner quand retentit la sonnerie du téléphone. Son père ? Louise la détrompa très vite.

— Quel âge a cette dame ? Elle a de la fièvre ? Vous devriez plutôt appeler le docteur... Ah bon d'accord... Dans ce cas... Route des Aubrets ? Oui, oui, je connais... J'arrive.

Elle raccrocha vivement et se dépêcha d'aller préparer sa trousse. Cécile la suivit, le cœur battant la chamade.

— Tu as une visite à faire ?

— Oui. Une vieille dame assez mal en point d'après sa fille, et le médecin du bourg ne se déplace pas si loin. Elles habitent une ferme isolée. Je ne sais pas à quelle heure je rentrerai, ma puce. Tu promets de n'ouvrir à personne et de ne pas t'endormir trop tard ?

— Promis juré !

Dans son dos, l'enfant croisa ses doigts serrés.

8

Le crépuscule tombait quand Cécile partit au petit trot. Elle s'était munie d'une besace avec des biscuits, d'une lampe de poche, et, par précaution, avait ajouté un couteau et un tournevis. À l'approche du campement, elle ralentit le pas, veillant à rester invisible derrière un muret de pierres qui bordait l'ancienne pâture.

Les forains venaient visiblement de souper. Réunis autour d'un feu de camp, devant la roulotte de Brancalou, ils fumaient en écoutant Riton au banjo et Ficelle à la trompette. Même sans y connaître grand-chose, Cécile fut surprise par la musique, folle et entraînante. Les clowns étaient peut-être de méchants hommes mais ils savaient jouer ! À la lueur des flammes quelqu'un pirouettait. Au moment où il effectuait un pas de côté, elle reconnut le jeune gitan.

Tant qu'ils étaient occupés, elle avait le champ libre. Elle approcha des enclos avec précaution. Mieux valait ne pas déranger les bêtes, et surtout pas les chiens.

Elle songea qu'elle aurait dû apporter les restes de veau pour les amadouer. C'était pour la bonne cause, zut ! À présent elle n'avait plus le temps de repartir.

Heureusement, à son passage, les corniauds se contentèrent de gémir et de battre de la queue. Quant à l'ours tapi sur son lit de paille, il ne remua même pas. Poly avait retrouvé sa place, au fond de l'enclos.

Le palan et la poulie étaient toujours près du camion. Elle les traîna jusqu'à l'arbre, dévida la corde longue de plusieurs mètres. À première vue, cela suffirait. Ensuite, elle alla chercher l'échelle et la hissa contre les barreaux, juste derrière l'animal. Il faudrait faire basculer la cage en laissant un passage. Tenant le bout de chanvre dans son poing, elle se mit à grimper. La peur de tomber rendait ses jambes tremblantes, si bien qu'à mi-chemin elle faillit renoncer. Puis elle se rappela le poney sur la poutre, sa détermination et sa frayeur.

Elle repartit lentement, soufflant à chaque barreau franchi. La corde commençait à se tendre. Arrivée en haut, elle se coucha aussi loin que possible, tâtonna pour trouver une accroche où ajuster son nœud. Par chance, le plafond de la cage était à croisillons. Les muscles douloureux, elle dut s'y prendre à deux reprises avant d'attacher solidement le cordage.

Elle redescendit, traîna l'échelle à l'arbre. Le palan ferait son office depuis le sol, mais il fallait hisser la poulie sur la plus haute fourche, à plus de deux mètres de hauteur. Ce n'était plus la peur qui la faisait frissonner mais l'adrénaline.

Une fois la poulie en place, elle passa la corde dedans et vérifia la tension. Désormais la cage était reliée au châtaignier, mais il fallait encore l'enrouler au palan.

Un frôlement lui chatouilla le mollet, elle se mordit la langue pour ne pas hurler. Le ouistiti surgit près d'elle, les lèvres écartées sur une mimique, moitié sourire, moitié surprise, l'air de dire *Tu fabriques quoi dans cet arbre ?*

— Oh ! Salut toi. Tu veux bien m'aider ?

Elle épia prudemment les alentours. Rien. Le gitan devait encore danser.

— Il te laisse libre, ton espion de maître ?

Le singe accentua son sourire, toutes dents dehors, la tête légèrement penchée de côté, cherchant visiblement à comprendre. Cécile pouffa devant sa drôle de frimousse.

— Je t'emmènerais bien aussi, mais je saurais pas te cacher, toi ! Tu gigotes beaucoup trop !

Enhardie par sa présence, elle se laissa glisser le long de la corde et atterrit sur le sol. La bestiole l'imita avec une agilité sans pareille puis alla se percher sur le toit d'une roulotte afin de surveiller la suite des opérations. On aurait dit un spectateur fasciné par une scène étrange et Cécile ne put s'empêcher de penser au chat du Cheshire qui avait le don de surgir comme par magie au pays des merveilles…

Une fois la corde arrimée, passée et repassée dans le palan, l'opération fut étonnamment facile. La fillette n'eut qu'à actionner le levier qui entraîna la poulie, et la cage bascula en douceur, un des côtés levé en l'air. Une fois le passage libéré suffisant, elle arrêta le mécanisme et attendit quelques secondes. Cela tenait ! À demi rassurée, elle approcha du poney en chuchotant des paroles d'encouragement. Comme il reculait contre les barreaux, apeuré, elle bifurqua sur le côté et ouvrit les bras. Pour l'éviter, l'animal se lança en avant, puis se figea dans l'allée. Il « bronchait » de nervosité, incapable de comprendre qu'il se trouvait à présent hors de l'enclos, libre !

Pour l'empêcher de retourner dans son piège, l'enfant fit tourner le palan en sens inverse jusqu'à ce que la cage retrouve sa position initiale. Cette prison vide lui donna une idée. Trop de gens l'avaient vue traîner par ici, et si elle laissait son attirail, les forains finiraient par penser à elle. En revanche, si elle camouflait ses traces, ils seraient sans doute incapables de comprendre comment Poly s'était volatilisé.

Elle remonta à l'arbre, détacha la poulie, traîna l'échelle contre la cage, ôta la corde, remit le matériel exactement là où elle l'avait trouvé.

Pendant tout ce temps, le poney n'avait pas bougé. Il semblait s'être un peu calmé. Non loin de là, près du feu de camp, la musique s'interrompit. Un sifflement déchira le silence, le ouistiti se leva d'un bond et disparut dans la nuit.

Il fallait décamper, et vite !

Cécile courut vers le petit cheval et lui frôla le flanc pour l'inciter à bouger.

— Si on se dépêche pas, ils vont te remettre dans ta cage ! Tu es libre. Viens !

Elle tenta de le pousser en avant, mais Poly avait raidi ses jambes, comme devant le rideau des coulisses, persuadé qu'on lui tendait un piège.

Cécile refoula sa panique et fouilla son sac.

— C'est pour toi !

Elle brandissait un bout de biscuit. Elle le déposa un mètre plus loin et s'éloigna. Chatouillé par les effluves de sucre, Poly manifesta un intérêt soudain. Il étira le cou, huma l'air puis avança de deux pas et avala l'offrande.

La fillette, qui avait compris qu'elle devait économiser ses provisions, plaça un autre morceau à trois mètres de distance. Il faudrait que Poly s'apprivoise suffisamment pour parcourir tout le trajet. Elle avait prévu d'emprunter un chemin vicinal qui contournait le village. La route était plus longue mais ils éviteraient ainsi le centre de Beaucastel.

Le retour prit presque une heure. Une heure à supplier le poney de continuer, à s'arrêter de longs moments par crainte de se faire surprendre, à écouter le cri d'un ivrogne, l'aboi d'un chien, le claquement d'une porte. Quand il refusait d'avancer, elle l'amadouait avec des bribes de biscuit.

Finalement, ils parvinrent à la maison du docteur sains et saufs. Cécile avait veillé à déverrouiller une porte qui ne servait plus côté verger. Histoire de ne pas passer devant la maison de la vieille voisine qui épiait leurs allées et venues.

Maintenant qu'il était loin du cirque, Poly paraissait mieux disposé. Il la suivit sans trop rechigner dans la serre, flaira le sol et se laissa examiner. À la lueur de sa lampe-torche, Cécile prit le temps d'examiner son échine. Du sang suintait encore de la blessure infligée par le clou. Elle susurra entre ses dents :

— Pauvre petit Poly ! Bouge pas, je reviens.

Dans son cabinet, sa mère gardait une provision de compresses et de la teinture d'iode destinée à nettoyer les plaies ouvertes. Elle l'avait vue faire si souvent qu'elle connaissait à peu près les premiers soins à donner.

Une fois de retour, la fillette monta sur une caisse en guise de marchepied et s'efforça de penser à sa mère en train de soigner des patients. Elle ferait comme Louise avec les enfants peureux : expliquer avant d'agir.

— Poly, petit Poly, on va s'occuper de ta vilaine blessure sinon elle s'infectera, tu auras une grosse fièvre et tu mourras ! Tu verras, ça te fera moins mal demain, je te promets. N'aie pas peur, je vais y aller tout doucement. D'abord le désinfectant pour bien nettoyer, ensuite la pommade et un beau pansement...

Bercé par la douceur des murmures, l'animal se laissa toucher. Pourtant, quand elle effleura la blessure, il frémit et recula d'un pas.

— Ça pique ? C'est normal, c'est comme ça que tu vas guérir. Fais-moi confiance petit chéri...

Cette fois, malgré ses tremblements, il résista à la tentation de fuir. La voix douce de Cécile continuait à bourdonner, lui procurant une sensation de réconfort étrange.

— Ce que tu es courageux ! Moi, je suis douillette, plus que toi en tout cas, c'est surtout les points de suture qui me font peur mais t'en as pas besoin, je crois pas... Maintenant, je vais te mettre un gros pansement à cause des microbes. Plus jamais personne ne te blessera. Personne ne te mangera non plus.

Elle sauta de son piédestal, soulagée d'en avoir terminé.

— Je t'ai préparé ton lit, regarde !

Elle désignait une vieille couverture à carreaux récupérée dans son armoire qu'elle avait étalée sur le sol. Comme il ne bougeait pas, elle fouilla sa poche et dénicha un demi-biscuit.

— Tiens, tu en auras d'autres demain. Et puis je t'ai trouvé un livre. C'est juste un clin d'œil, tu sais...

Sa voix trembla sous le coup de l'émotion. *Les Mémoires d'un âne* restaient son histoire favorite après *Alice*. Ce serait « son » livre, une façon de marquer la fin de son esclavage, lui qui n'avait jamais rien possédé, même pas la liberté.

— Je reviendrai demain matin. Tu ne dois pas bouger et surtout pas faire de bruit, d'accord ?

Le poney demeura impassible, le nez tourné vers la nuit, derrière les vitres sales.

9

Le mystère de la cage vide fit le tour du village en moins d'une matinée. La rumeur se propagea comme une traînée de poudre et à onze heures tout le monde savait qu'une disparition abracadabrante avait frappé le cirque. Des gendarmes furent appelés en renfort de la ville voisine et débarquèrent en estafette sur la place centrale où les attendaient le maire et Brancalou. Aussi moustachus l'un que l'autre, le brigadier-chef Chavard et son adjoint, Baptistin Pilon, fronçaient les sourcils, la mine sévère. Le directeur gesticulait pour narrer sa découverte.

— Une histoire de fou ! Pfuit ! disparu. Volatilisé, mon Poly, mon joyau, mon trésor, ma vedette !

— Il y a forcément une explication, marmonna le brigadier-chef Chavard qui en avait vu d'autres.

— Évidemment ! Il ne s'est pas envolé, on nous l'a volé. Mais comment ? Hein, qui aurait pu ouvrir la porte de sa cage sans clef ? J'exige une enquête illico !

— Holà, avant d'accuser les gens, on va procéder dans l'ordre. Ce n'est pas très clair votre histoire. Vous dites que rien n'a été dérangé.

Le maire renchérit, renfrogné :

— Y a pas de voleurs à Beaucastel, surtout pas un voleur de poney ! Ici, on pratique plutôt les vaches laitières et votre Poly a pas vraiment une tête d'aubrac, mon cher Brancalou.

— Ah non ? Et lui ?

Furibard, il pointait du doigt le motard qui sirotait un café à la terrasse du bar-tabac. Se souvenant tout à coup que l'homme furetait bizarrement autour du cirque, il l'interpella brutalement :

— Alors camarade, on écoute aux portes ? Qu'est-ce que tu farfouillais autour du cirque l'autre jour ? Tu préparais ton coup ? C'est ça, hein ?

Sans se démonter, Victor se leva calmement et vint se camper devant le petit groupe.

— Tu veux que je te dise, Branca, c'est pas surprenant si ton poney s'est échappé...

— Échappé ? Tout seul ?

— Va savoir ! Quand on voit comment tu traites tes animaux, faut s'étonner de rien...

Sur ces mots il retourna payer sa consommation. Brancalou fulminait de plus belle.

— Et c'est le repris de justice qui nous fait la morale ? Je serais vous, messieurs les gendarmes, je l'interrogerais ! M'étonnerait pas qu'il soit dans le coup ! Et plus encore, ça m'étonnerait qu'il en soit pas, celui-là !

— Holà, tout doux, on va pas s'emballer. D'abord, vous allez nous mener sur les lieux et ensuite mon collègue et moi on décidera de la suite à donner.

— Voilà qui est parlé ! Il faut procéder avec méthode.

Les hommes regardèrent Victor qui s'éloignait sur sa moto, foulard au vent, aussi rouge qu'une entaille sanglante. Ce gaillard-là était assurément singulier, mais qu'aurait-il fabriqué avec une bête de cirque ?

Pendant ce temps, la bande des gamins passait et repassait en vélo, avide d'en savoir plus.

Cécile était à mille lieues de se douter d'un tel chambardement. Pendant que sa mère était occupée à recevoir des patients, elle avait rendu visite à son protégé avec une tartine de pain beurrée pour le petit déjeuner, mais il avait refusé d'y goûter. Tant pis, elle couperait de l'herbe plus tard. L'important, c'était de le tenir caché au moins jusqu'au départ du cirque.

Ensuite… ensuite elle supplierait sa mère de le garder. Au pire, si c'était trop compliqué, il faudrait trouver une famille d'accueil, sans quoi il serait mangé…

Elle allait fermer les persiennes de sa chambre pour conserver un peu de fraîcheur quand elle aperçut le gitan campé près du muret. Il semblait attendre. Qu'est-ce qu'il pouvait bien fabriquer ici ? Et s'il savait !

Elle décida d'abord de l'ignorer, puis songea qu'il finirait par toquer à la porte et alors tout serait fichu !

Elle dévala les marches, ouvrit doucement et se glissa dehors. Avant de changer d'avis, elle fonça sur lui. La frayeur rendait sa voix aiguë.

— C'est moi que tu cherches ?

— Salut. On pourrait se présenter, vu que ça fait deux fois qu'on se cause, tu crois pas ?

— Je sais pas…

— Moi c'est Pablo.

— Et moi Cécile, dit-elle, sur ses gardes

— Salut Cécile.

— Salut.

Elle réprima le fou rire nerveux qui lui montait aux lèvres. Peut-être qu'il ne savait rien, finalement. On ne vient pas accuser les gens avec des politesses, non ?

L'adolescent sortit du tabac à rouler et confectionna une cigarette. Il l'alluma tranquillement, aspira goulûment une bouffée et sourit.

— T'es une drôle de môme, dans ton genre.

Vexée, la petite n'osa pourtant pas le contredire, surtout qu'il brandissait à présent une barrette rouge, parfaitement reconnaissable.

— Ce serait pas à toi ?

— Pff, je sais pas. Tu l'as trouvée où ?

— Si je te dis dans une cage...

— C'est pas à moi ce truc.

— En fait je voulais te parler de Poly.

— Poly ?

— Notre poney-vedette, celui que tu zieutais sous les gradins... Il a disparu.

— Oh !

— Oui. Disparu comme la colombe de madame Gina dans un chapeau.

— Et qu'est-ce que j'y peux, moi ?

— Pas grand-chose, sûrement. C'est juste que si jamais quelqu'un le retrouvait, il devrait le nourrir, parce que, le pauvre, il sait pas le faire tout seul, vu qu'il a passé toute sa vie dans son enclos.

Elle resta muette, le souffle coupé par l'appréhension, mais Pablo continua sans paraître remarquer son malaise.

— Poly, ce qu'il aime bien, c'est les carottes et les pommes… et puis brouter de l'herbe, bien sûr.

Il écrasa son mégot et sourit franchement.

— Tu imagines pas le bazar que c'est, au cirque ! Les gendarmes sont même venus pour enquêter.

— Des gendarmes !

L'énormité de la situation lui apparut brusquement. Le gitan sembla comprendre car il ajouta avec une pointe d'ironie :

— T'inquiète, les poulets se sont pas attardés, juste le temps de faire le tour des enclos et voir qu'y avait rien à voir. Ça empêche pas tout le monde de s'agiter et de raconter des fadaises…

Il la regardait maintenant droit dans les yeux, un sourire franc barrant son visage qu'elle trouva beau et bienveillant. Elle se lança :

— Tu vas me dénoncer ?

— Nigaude, je l'aurais déjà fait ! Moi non plus, j'aime pas qu'on fasse souffrir les animaux.

Elle rougit et esquissa un sourire.

— Je pouvais pas savoir… Merci Pablo !

— Et de quoi ? Tiens, t'as raison, j'en aurai pas l'usage !

Le temps qu'elle rattrape la barrette au vol, il lui avait tourné le dos et s'éloignait en boitillant.

Elle aspira l'air brûlant et lâcha un gloussement de pur soulagement. Pour quelques jours au moins, elle avait un allié !

Le garde-manger contenait un gros tas de légumes et de fruits. Elle rafla une demi-botte de carottes et quelques pommes, puis réarrangea l'ensemble de façon à estomper son larcin, tout en réfléchissant à la suite de son plan. Brouter, avait dit Pablo. Est-ce que cela signifiait qu'il faudrait sortir le petit cheval ? Pas tant que les autres tourneraient dans le coin !

Elle se hâta vers la serre, heureuse de voir que les vitres salies dissimulaient plutôt bien la présence du clandestin. À son entrée, Poly eut un sursaut qui la peina, mais il en faudrait davantage pour la décourager.

— Coucou ! J'ai un cadeau pour toi ! Ferme les yeux.

Le poney détourna la tête d'un air de profonde indifférence.

— Tu veux pas ? Tant pis. Tu sais ce que j'ai dans mon dos ? Bon, je te souffle, c'est orange et tu adores ça. Un... deux... trois ! Surprise !

Les carottes ne suscitèrent que du dédain.

— Ça te fait pas plaisir ? T'es difficile, dis donc.

Comme elle gardait les mains tendues, l'animal finit par renifler avec méfiance. De crainte qu'il ne refuse, Cécile voulut le forcer à goûter et se vit sanctionnée aussitôt d'un gros pinçon.

— Aïeeuu ! Ça va pas de mordre ? T'es malpoli, Poly. Une vraie peau d'vache !

Elle se frottait le doigt. Poly demeurait impassible. Peut-être qu'il ne comprenait que les coups. La pitié chassa son agacement ; elle devait se montrer douce et patiente pour lui faire oublier la méchanceté des hommes.

— Tiens, quelqu'un m'a dit que tu aimais ça.

Ses naseaux étaient aussi soyeux qu'une peau de pêche, et le cœur de Cécile fondit. Il croqua la carotte en quelques secondes, mâchant bruyamment, engloutit les autres à la file, puis une pomme, d'une bouchée. Il devait mourir de faim ! Enhardie, elle tenta de lui caresser le front, mais il secoua la tête.

— T'es pas encore prêt mais on commence à s'apprivoiser, pas vrai ?

En guise de réponse, le petit cheval alla à la porte de la serre et fit mine de cogner son mufle dessus, comme pour l'ouvrir.

— Désolée, tu sors pas ! On est recherchés par les gendarmes, je te signale ! Tu veux pas que j'aille en prison ? Non ? Alors tu m'attends ici. Et t'arrêtes de me mordre, t'as compris ? Dans quelques jours on pourra réfléchir à ton avenir... Tu sais, moi aussi ma vie vient de changer, alors je suis au courant de ce que ça fait. C'est normal d'avoir peur du changement, ma mère le dit sans arrêt. Moi, je détestais vivre ici jusqu'à ce que je te rencontre. Parce que si j'étais pas venue à Beaucastel, toi tu serais mort et changé en saucisson, tu comprends ?

Cette fois, il parut acquiescer. Elle lui tendit la dernière carotte, qu'il croqua avec nonchalance. Elle en profita pour effleurer son doux museau. Son souffle était brûlant. Trop ?

Poly se laissait caresser, les yeux mi-clos. L'inquiétude s'empara de la fillette, balayant le plaisir d'être enfin acceptée.

— Tu as de la fièvre ? J'espère que t'es pas malade parce que sinon on est dans de sales draps, toi et moi...

En regagnant la maison, elle décida de rester tranquille. Traîner au village ne servirait à rien. Les enfants la snobaient, et tant que les gendarmes enquêtaient, mieux valait éviter les alentours du cirque pour ne pas attirer l'attention.

Elle rentra sans remarquer Victor.

L'homme remontait par le sentier qu'elle avait parcouru la veille au soir. Arrivé non loin de la porte rouillée, il se pencha pour observer une empreinte dans la terre. Se redressa et demeura immobile, les sens en alerte. Une idée lui vint, qui fit naître un sourire amusé sur ses traits rudes.

Demain, il irait consulter l'infirmière. Sa main ne guérissait pas et il était curieux de voir quel genre de personne elle était devenue…

10

La veille, Louise avait placardé ses horaires d'ouverture. Même si on était à la campagne et si les voisins connaissaient vos habitudes, elle trouvait cela plus pratique et professionnel.

L'homme et son molosse patientaient devant la porte du cabinet médical... Il avait sans doute une petite quarantaine d'années. Brun, les yeux vifs, il soutint son regard sans rien laisser paraître. Elle s'efforça de masquer son trouble avec maladresse.

— Il a l'air plutôt méchant votre chien.

— Il a l'air oui... On a une réputation à tenir, ici... Le nom de Victor Malteil est pas franchement du goût de tout le monde.

— C'est à ce point ?

— Pire, même, conclut-il.

Louise remarqua son demi-sourire avant de comprendre que c'était sans doute une plaisanterie, ce qui ne fit qu'empirer sa gêne.

— Vous venez en consultation ?

— Si vous avez le temps. Quant à mon camarade poilu, il gardera mes affaires, ne vous en souciez pas.

Il montra sa moto et un sac gonflé arrimé à l'arrière.

— Venez…

Ils pénétrèrent dans le cabinet en silence. Lors de leur première visite, la plupart de ses patients parlaient beaucoup. Victor se contentait de scruter les lieux d'un œil circonspect. Elle attendit qu'il prenne place et tende sa main bandée.

— Vous vous êtes blessé ?

— Oui, un accident stupide avec une chaîne de moto. Le problème c'est que ça ne cicatrise pas. Ça s'est rouvert ce matin. Faudrait me recoudre, non ?

— Je ne suis pas médecin, je n'ai pas le droit.

— Mais vous savez comment faire, non ?

— Oui, mais de toute façon, je n'ai rien pour vous anesthésier.

— Et si je vous promets de ne pas pleurer ?

— Je peux essayer. Ce sera un peu douloureux et…

— Je suis un grand garçon. J'en ai vu d'autres.

— J'imagine !

Elle comprit son erreur. Il saurait qu'elle avait entendu les commérages. Cela l'agaça encore plus que la lueur d'amusement qu'elle lisait dans ses yeux.

Elle prépara un champ stérile, une aiguille et du fil, quelques compresses, de quoi désinfecter. Ensuite, elle ôta le pansement, nota qu'il était fait en dépit du bon sens. En se penchant vers lui, elle huma une odeur de terre et de bois brûlé. La plaie était profonde, plutôt propre. Il l'avait nettoyée correctement, mais sans points de suture elle n'avait aucune chance de guérir.

Plus haut, sur le bras dénudé, elle remarqua plusieurs tatouages. Un serpent entourant une chouette, une rose épineuse.

Après avoir lavé soigneusement l'entaille, elle commença à recoudre, concentrée sur ses gestes. Il ne pipa mot, ne frémit même pas, malgré la douleur. En achevant le dernier point, Louise lâcha un soupir.

— Voilà. Le pire est derrière. Regardez comment je fais le bandage. Il faut serrer mais pas trop, l'air doit passer. Ne mouillez pas votre pansement, sinon il faudra le changer. Si vous avez mal, si vous avez de la fièvre, revenez me voir, ce serait signe que l'infection s'installe. Je vous attends dans une semaine pour enlever les points de suture, en espérant que ça prendra, car la blessure est ancienne, il aurait fallu les poser de suite…

Elle sourit et ajouta d'un ton plus léger :

— Cela fera une cicatrice de plus, moins jolie que vos peintures de guerre…

— Vous aussi vous avez une cicatrice…

Il fixait une fine ligne blanche à la saignée de son poignet. Louise s'empourpra et se crut obligée de donner une explication.

— Ah, ça… J'étais petite. Cela s'est passé ici, à Beaucastel. Une vipère m'a mordue juste sur la veine du poignet. Je me suis évanouie.

— Et alors ?

— Quelqu'un m'a trouvée et m'a ramenée au village, une chance parce que je jouais seule en forêt…

— Comme vous dites, une sacrée chance !

Il fit mine de pianoter sur le bord de la table.

— Votre bandage vaut largement le mien. Ça va, les doigts bougent normalement. En ce moment, j'apprends à jouer du piano.

— Du piano... avec un professeur ?

— Non, je suis trop vieux pour supporter un maître. Ou trop dissipé. J'apprends seul, avec la *Méthode Rose.*

Comme elle ravalait un rire, il précisa :

— Moquez-vous ! J'en rêvais. Alors avant qu'il soit trop tard...

— Trop tard pour quoi ?

— Pour accomplir un rêve de gosse.

Ils se dirent au revoir gauchement, embarrassés de s'être livrés un peu plus que de coutume. Et Louise percevait quelque chose dans l'air, peut-être qu'elle lui plaisait un peu.

Elle s'interdit de penser que lui aussi était séduisant.

Cécile se tenait accroupie dans l'herbe, à bonne distance du chien. Celui-ci se contentait de la fixer avec gravité. En voyant Victor surgir de la maison, elle se redressa d'un bond.

Il lui fit signe de ne pas s'enfuir.

— Il s'appelle Balthazar.

— Il s'appelle comme ça ?

— Parfaitement.

— C'est bizarre. C'est un nom de Roi mage.

— Et pourquoi pas ? C'est toujours moins bête que Mirza ou Rex.

Il se baissa pour saisir le sac, le déposa à ses pieds.

— Je t'ai apporté quelque chose. Je voulais te le laisser derrière, dans le jardin, mais puisque tu es là...

Comme elle restait pétrifiée, les yeux écarquillés, il insista :

— Regarde, ça mord pas…

Elle approcha prudemment, songeant à la méfiance du poney. Elle non plus ne se laissait pas facilement aborder. Et puis maman l'avait prévenue : « Reste à l'écart des étrangers qui te font des sourires. » Sauf que ce n'était pas vraiment un étranger puisqu'il sortait du cabinet…

Le sac contenait une quantité de pommes sauvages. Le souffle commença à lui manquer. L'autre reprit tranquillement :

— J'en ai plein chez moi. Tu peux en manger, et le reste, sait-on jamais, si tu rencontrais un poney, il apprécierait sûrement…

Il tendit la main pour lui ébouriffer les cheveux et une fois encore elle s'écarta, sans savoir quoi penser. Ce type à l'air louche l'avait-il vue alors qu'elle ramenait Poly ? Comment serait-il au courant sinon ? Ils étaient deux à connaître sa cachette, maintenant ! À ce train-là, autant afficher son secret sur la place du village !

Le temps qu'elle rassemble son courage pour l'interroger, il avait enfourché sa moto et démarrait. Le chien fila dans son sillage, la queue dressée.

Balthazar ! Y a pas de nom plus idiot ! décida-t-elle dans la foulée, mécontente d'avoir laissé passer l'occasion d'en apprendre plus.

Balthazar, malabar, bazar, bobard, mouchard, pleurnichard…

Deux personnes papotaient dans la salle d'attente, la boulangère et une paysanne rabougrie. Cécile les salua poliment et retourna dehors. En se dépêchant, elle aurait le temps d'aller trouver Pablo, puis de rentrer pour le dîner. Elle avait besoin d'aide…

Elle courut tout le long du chemin vicinal, évitant une nouvelle fois les ruelles pavées. Les pensées la traversaient comme un essaim de guêpes furieuses : le souffle brûlant de Poly, les gendarmes, Brancalou et son fouet…

Le cirque semblait désert. L'enfant se rappela que c'était l'heure de la représentation. Comment se débrouillaient-ils sans Poly ? Une autre pauvre bête le remplaçait peut-être déjà ?

Elle se faufila entre les roulottes, tourna en rond, s'affola. Le temps pressait. Elle tenta de siffler mais elle n'émit qu'un chuintement de pneu crevé. Il apparut soudain au bout de l'allée, lui fit signe de venir en silence. Perché sur son épaule, le ouistiti grignotait un fruit, la mine affairée.

— Il se passe quelque chose ?

— Je suis pas sûre. Je crois que Poly a de la fièvre.

— Tu lui as pris sa température ?

— Bah non… Comment on fait ?

— À ton avis ? Un thermomètre, hop, dans le derrière !

— Tu te fiches pas de moi ?

— T'inquiète pas. J'irai le voir tantôt…

— Bientôt comment ? Vite ?

— Maintenant. Je vais te suivre car il ne faut pas qu'on nous voie ensemble, tu comprends ?

Cécile repartit en sens inverse et se mit à trottiner, poussée par une sourde angoisse. Elle avait l'impression que les choses lui échappaient. Soudain, elle mesurait la gravité de son entreprise. Et si Louise était jugée par sa faute ? Elle imagina le scandale, le village entier les accusant, les deux Parisiennes, la fille voleuse et menteuse, la mère sans mari qui jouait au docteur et se laissait déborder, la tête tournée par les idées de la ville !

Elle emprunta l'entrée du jardin, courut vers la serre sans reprendre son souffle. La porte bâillait.

Durant une seconde, son esprit refusa d'admettre ce qu'elle voyait. La couverture piétinée, le livre rejeté dans un coin.

— Poly ?

Seul le silence lui répondit. Elle répéta son nom, fouilla des yeux l'espace dépouillé, la table encombrée de pots. Rien ! *Pas plus de cheval que de beurre en broche !* Au lieu de la faire rire, l'expression qui lui était venue à l'esprit accentua sa terreur. Elle se représentait Poly au tournebroche grillant dans les entrailles de la boucherie !

Elle sortit, appela encore. Un souvenir lui revint de Poly sur sa poutre, actionnant le levier qui avait libéré la corde et fait chuter Riton. Pour les besoins de son numéro, il avait été dressé à mettre en mouvement ce type de mécanisme. Elle repartit en arrière, étudia le verrou à targette qui fermait la serre ; il suffisait de soulever la tige de métal. Voilà comment il s'était échappé !

Le poney avait fui, c'était forcément ça ! La faim l'y avait poussé, ou l'ennui. Ou bien de s'entendre promettre la liberté… Quelle stupide idiote !

Elle fondit en larmes. Des sanglots déchirants, impossibles à calmer. C'était sa faute ! Quelle folie de croire qu'on pouvait garder un poney comme une plante en pot ! Il avait fait si chaud aujourd'hui ! Et elle qui cherchait des raisons à la fièvre de Poly ! Elle s'écroula dans l'herbe, secouée de pleurs.

— Cilou, tu as mal quelque part ?

Sa mère se penchait vers elle, l'air inquiète.

Cécile secoua la tête, désespérée.

— Ma chérie ! Je t'ai entendue depuis la cuisine. Que se passe-t-il ?

— Rien…

— On ne pleure pas de la sorte quand il n'y a « rien ».

La jeune femme s'accroupit et attira sa fille dans une étreinte serrée. Louise embaumait le sucre et l'oignon.

— Allez, raconte-moi…

— J'avais un ami…

— Un ami ? C'est plutôt une bonne nouvelle ça. Il s'appelle comment celui qui te fait de la peine ?

— On s'en fiche de son nom. C'est fini, il est parti…

Les pleurs repartirent de plus belle. Louise sortit un mouchoir et entreprit de lui frotter les joues, les lui becquetant au passage. Elle attendit que le gros du chagrin s'apaise puis demanda doucement :

— Vous vous êtes disputés ?

Comment lui expliquer les choses sans révéler son secret ? Cécile n'eut pas le courage de raconter toute l'histoire, le cirque, les mauvais traitements, la promesse du boucher… Après un moment de silence sa mère se releva et vit la serre ouverte.

Elle observa d'un ton faussement sévère :

— Moi qui me demandais où étaient passées les carottes…

Elle désignait les fanes tombées au sol.

— Et tu as une couverture ! Tu te construis une cabane ?

— Oh ça, c'est pour… le… un lapin.

— Quel lapin ?

— Un… un lapin blanc, un sauvage… je le nourris, des fois.

— Pas dans la serre, tout de même ?

— Non ! Dehors. Je lui laisse des bouts de carotte. Ici c'est juste mon campement. Tu vois, j'ai même apporté un livre.

Un sifflet les interrompit :

— Cécile ! T'es où ?

Pablo avait poussé la porte du jardin et se tenait dans l'embrasure. Il se figea en découvrant la mère et la fille ensemble. Louise lui fit signe d'approcher, toute souriante.

— J'ai l'impression que ton ami est revenu… Il ne faut pas rester fâchés. Si tu allais lui parler ? Je vous laisse tranquilles, d'accord ?

Cécile se contenta de hocher la tête. Louise avait compris de travers ! Comme d'habitude sa mère croyait bien faire, elle voulait que leur nouvelle vie soit facile, que Beaucastel soit le meilleur des villages, que tout le monde soit gentil et heureux… Parfois, ça la rendait aveugle !

La fillette attendit de la voir disparaître.

— T'es venu…

— C'était ta daronne ? Tu as une sacrée veine, elle est jolie et a l'air de bien t'aimer.

— Oui, c'est sûr…

— Bon, fais pas la tronche, je vais m'en occuper de ton grand malade. Il est où ?

— Il a disparu ! Il est parti !

Sur ces mots, elle se remit à pleurer.

11

Poly était sorti de la serre exactement comme Cécile l'imaginait. Le levier du verrou l'attirait irrésistiblement, parce qu'on l'avait entraîné à cet exercice toute sa vie de cheval. Peut-être avait-il flairé un « dehors » derrière la porte vitrée, l'odeur de l'herbe sèche, les baies acides et la rumeur du vent, aussi légère qu'une caresse.

Après une série de tentatives infructueuses – la tige de métal était anormalement petite comparée à la barre qu'il manipulait avec Ficelle et Riton –, le vantail finit par céder et il se retrouva à l'air libre.

Le soleil lui parut incroyablement chaud et réconfortant. Une brise lui chatouilla les nasaux, le poussant en avant, loin de la maison et de la fillette aux mains douces. Il aurait pu traverser le jardin et descendre la route qui menait au centre de Beaucastel. Au lieu de quoi il fonça vers le verger et débusqua une brèche qui ouvrait sur un bosquet. Il n'eut qu'à se faufiler pour se retrouver à couvert, dans un sous-bois délicieusement frais. Très vite, il déboucha sur la campagne, entre landes et pâturages. Ivre d'air, il partit au galop, se remplissant de ces senteurs qui d'habitude ne lui parvenaient que souillées par les relents d'essence du camion ou bien couvertes par les effluves de foin, la sueur des hommes sous leurs costumes. Ici, le monde était vierge de présences inquiétantes, le patchwork des prés s'étalait à perte de vue, haché par les arbres ou un ruisseau luisant de lumière. Il fit une halte et s'abreuva à longs traits, mâcha quelques herbes folles, repartit au hasard et finit par remonter une portion de route goudronnée, les sabots sonnant joyeusement sur le macadam. Il vit surgir une machine pétaradante surmontée du curé à soutane qui, pour l'éviter, plongea dans le fossé et finit cul par-dessus tête.

Poly était déjà loin, galopant droit devant.

Il croisa une ferme, traversa la cour encombrée de poules, de canards et de quelques dindons indignés. Tous battirent des ailes, criaillant de fureur. Retenu à son piquet, le chien de la maison éclata en aboiements féroces et la cacophonie fit jaillir la fermière effarée de la soue des cochons.

Elle ne vit rien et comprit encore moins.

Entré par l'arrière-cuisine, le poney venait de ratiboiser un gâteau qu'elle avait mis à refroidir. Après l'avoir englouti, il redémarra au galop, raflant la corde à linge au passage. Coiffé d'une guirlande de culottes et de chaussettes, il retourna vers la forêt, heureux comme un roi.

Dans le pré du vieil Auguste une demi-douzaine de chevaux paissaient tranquillement. Intrigués par l'apparition du nouveau venu, ils approchèrent pour le flairer, échangèrent de petits hennissements. Une barrière les empêchait de se rejoindre. Après quelques tâtonnements, alerté par son instinct, Poly chercha le verrou. L'exercice enseigné par les forains s'avérait décidément fort utile.

Il actionna le loquet après deux tentatives seulement. L'attraction due à la pente fit le reste et la barrière s'ouvrit en grand. Il ne fallut pas longtemps pour que les chevaux comprennent qu'ils étaient libres.

Ils s'égaillèrent au galop et dévalèrent le vallon, sans attendre Poly.

Après avoir découvert la brèche dans le fond du jardin, les enfants explorèrent le taillis – c'étaient surtout des chênes, expliqua Pablo, quelques trembles et des genévriers – et chaque recoin du sous-bois. Malgré la sécheresse du terrain, la piste laissée par le fuyard s'inscrivait sur le sol, et l'adolescent montra à Cécile comment la discerner : une touffe écrasée de vigne sauvage, l'empreinte en arc de cercle gravée dans le sable, un buisson de cistes fendu en deux après son passage.

Sans cette angoisse qui la tenaillait, la fillette aurait adoré la leçon. Pourtant, elle ne cessait d'imaginer le petit cheval blessé quelque part, ou pire, rattrapé par Brancalou. À quoi servait de repérer des traces si c'était déjà trop tard ?

En sortant du bosquet, ils progressèrent un peu au hasard, contournant une ferme, cherchant d'autres empreintes, mais le terrain devenait soudain plus compliqué à lire. Cécile ne put s'empêcher de grogner :

— Pour une fois que j'avais trouvé un ami… Je l'ai déjà perdu.

Pablo ne se laissa pas impressionner.

— C'est lui le plus à plaindre. C'te pauvre bestiau a été enfermé et battu toute sa vie. Il allait pas lambiner dans ta serre, la liberté, il en profite ! Moi, je ferais pareil, si j'avais le courage.

— Toi ! On t'enferme et on te bat ?

Au lieu de répondre, il désigna une ravine où l'on devinait les marques de sabot.

— On est sur la bonne piste. Il a traversé par là.

Cécile aurait voulu continuer à l'interroger mais elle comprit que cela ne servirait à rien. Le garçon s'était refermé comme une huître et il hâtait le pas de façon à la distancer. Elle garda pour elle la question qui lui brûlait les lèvres et trotta pour le rejoindre.

Dans un buisson d'épineux, ils aperçurent une guirlande de culottes et trois chaussettes dépareillées.

— C'est bizarre, non ?

— Ma foi, on dirait bien que c'est un bout de corde à linge !

— Ça peut pas venir de lui, si ?

Plus loin, ils découvrirent un tas de crottin. Sous l'œil horrifié de la fillette, Pablo saisit un peu de cette matière noire – et même si ça ressemblait à un genre de boue, c'était quand même du caca ! – et la porta à ses narines.

— C'est lui.

— Comment tu le sais ?

— Je le soigne, alors je le connais…

Ils repartirent à travers la forêt mais en direction de l'ouest cette fois-ci. Elle s'étonnait de l'étendue du savoir de Pablo, qui parvenait à nommer chaque arbre rencontré sur leur chemin : le marronnier reconnaissable à ses feuilles à cinq doigts, le micocoulier à l'écorce grise, les acacias crevassés, les oliviers chargés de fruits et les chênes rouvres au feuillage brun clair ! Les oiseaux n'avaient pas non plus de secrets pour lui : les hirondelles virevoltantes, le faucon crécerelle capable de vol plané quand il guette sa proie, le pic-vert encapuchonné de rouge…

Au détour d'un sentier, ils tombèrent sur Bruno et sa bande. Des planches dépareillées s'entassaient au pied d'un chêne de belle taille. À la fourche de l'arbre les gamins avaient édifié une cabane en escalier : un plancher imposant et des murs encore en construction composaient la pièce principale, qui pouvait accueillir jusqu'à six occupants bien tassés, puis, sur les branches supérieures, deux plate-formes – les tours de guet ! – où l'on tenait à deux. On accédait à ce nichoir par une échelle de corde. Manquaient encore le toit, une poulie pour le monte-charge et le mobilier – coussins et couvertures, un travail que Bruno avait attribué aux filles.

D'un signe, tout le monde se retrouva en bas dans un silence effrayant. Bruno avança vers les intrus ; il taillait un bout de bois avec son Opinel. Avec son crâne rasé à la tondeuse, son nez épaté et son air de petit voyou, il paraissait plus menaçant que de coutume. Il les toisa avec dédain.

— Té, les étrangers font équipe ! Vous savez pas que c'est notre territoire, ici ? Propriété interdite.

Une brunette approuva cet avertissement d'une grimace, mais les autres restèrent silencieux, visiblement gênés par son agressivité. Quand leur chef pointa sa lame vers les intrus en leur répétant de dégager, Vincent se décida. Il se sentait responsable car, après tout, c'est lui qui s'était présenté à la Parisienne. Le grand dadais et ses prérogatives commençaient à lui courir sur le haricot. Ce n'était pourtant pas un bagarreur, et son père travaillait comme simple métayer alors que celui de Bruno était presque notable. Il n'aimait pas se battre mais il avait l'esprit vif et soif de justice.

— Laisse-les donc, ils font que passer…

— Toi, va faire un tour à la ferme.

— Quelle ferme ?

— La ferme ta gueule. C'est moi qui commande, t'as oublié tête d'œuf ?

— C'est pas en me criant après que t'auras moins tort.

Pour éviter que la situation empire, Pablo se décida à intervenir. Ces querelles de gosses lui passaient largement par-dessus la tête ; d'abord, il était plus âgé qu'eux et, surtout, à force de vivre au milieu des forains, il savait se sortir d'affaire avant que ça ne vire à l'aigre.

— On cherche le poney du cirque qui s'est échappé.

Cécile s'empressa de renchérir. Avec du renfort ils seraient mille fois plus efficaces !

— Il faut nous aider. Il a disparu dans le bois.

— Peuchère ! Et en quel honneur on ferait ça ? Pour ton teint de navet ?

— Pour Poly ! Si Brancalou le retrouve avant nous, il le vendra au boucher !

À cet instant, elle hésita. Elle venait de se rappeler qu'elle avait vu Bruno à la boucherie, accoutré d'un tablier de commis. Tant pis, de toute façon ce qui est dit est dit ! Elle ajouta quand même plus doucement :

— Ou le boucher en fera de la chair à pâté. Et des saucissons… C'est Brancalou qui l'a dit. Je l'ai entendu.

Les gamins les fixaient dans un mélange d'horreur et de fascination. Pour une fois qu'il se passait quelque chose de pas ordinaire, voilà qu'ils se trouvaient aux premières loges ! Leur chef était le seul à ne pas s'émouvoir.

Il répliqua, moqueur :

— Ben quoi ? C'est bonnard, le saucisson. Et le boucher, je te signale, c'est mon père.

— Et après ? Chacun fait ce qu'il veut. Moi, je mange plus de viande, et j'en mangerai plus jamais.

— Écoutez-la, la Parigote !

— Ça a rien à voir avec d'où je viens ! Ça t'amuserait de finir en escalope ? Si on arrêtait de les manger, les animaux souffriraient moins ! Personne aurait besoin de les élever pour les tuer ensuite ! Pourquoi ils auraient pas le droit de vivre ?

Pablo lui pressa doucement l'épaule dans un geste d'apaisement. Ce n'était pas le moment de se mettre à dos la petite bande.

— Écoutez, là maintenant, on a besoin de votre aide ! On commence par retrouver Poly, on discutera ensuite. Ce cheval, il a jamais connu la liberté, il finira par se blesser ou chuter d'une falaise si on le rattrape pas, et il sera perdu pour tout le monde ! Mais on peut pas décider à votre place, c'est à vous de choisir. Toi d'abord !

En s'adressant à Bruno, il reconnaissait son privilège de chef. La ruse fonctionna parfaitement.

— D'accord. Et puis sans nous, vous y serez encore à la Saint-Glinglin ! On connaît tous les recoins d'ici vu que c'est chez nous ! Toi, le gitan, tu peux prendre la bécane à Mag ! Elle restera garder la cabane ! Et toi, la Parisienne, tu monteras derrière cette andouille de Vincent puisque môssieur t'a à la bonne !

Malgré la mine de six pieds de long de la dénommée Mag, tout le monde s'empressa et Cécile ravala son envie de répliquer, trop contente de la tournure que prenaient les événements. Elle se percha sur le porte-bagages et s'agrippa sous la selle, trop timide pour enlacer le garçon. Il avait quand même pris sa défense par deux fois et cette seule idée lui faisait venir le rouge aux joues !

Les gamins avaient l'habitude des sentiers. En dépit du terrain accidenté, ils se montraient incroyablement agiles et surtout beaucoup plus rapides qu'à pied ! Ils traversèrent le bois à deux reprises en formant une grande croix, puis choisirent d'emprunter la route et d'inspecter les pâturages. Ils venaient de faire halte, à peine le temps de décider quelle direction prendre, qu'une estafette surgit à la sortie du tournant, trop tard pour se planquer !

En approchant du groupe, le véhicule se déporta vers le bas-côté. Le moteur hoqueta avant de stopper net. Un gros à képi – le brigadier Vachard, comme le surnommaient les gosses du coin – les interpella avec autorité :

— Ho, les minots. Savez que'que chose ? Vu que'que chose ?

— Vu quoi ?

Vincent avait répondu vite, de crainte que les gendarmes remarquent Pablo.

— Té, le poney qui se serait envolé !

— Non, m'sieur.

À les entendre répondre en chœur, on aurait cru une troupe de communiants. Le brigadier n'y vit aucune malice, pas plus qu'anguille sous roche.

— Dommage… Si d'aventure vous tombez dessus, prévenez vos parents. Et en attendant faites pas les couillons, ouvrez l'œil et le bon ! Allez, roule, collègue !

Ils patientèrent aussi figés que des statues le temps que l'estafette disparaisse dans le dernier lacet. Ensuite, Bruno ordonna le repli. Pas question de lambiner sur la route avec la flicaille en train de rôder ! Sans compter que si personne n'avait vu le poney dans les parages, c'est qu'il traînait sans doute dans les bois… Ils rebroussèrent chemin en longeant le champ de l'Auguste.

À vélo, Pablo devenait particulièrement alerte, sa boiterie comme oubliée. Il riait de bon cœur et semblait rajeuni, aussi insouciant que les gamins qui l'entouraient. Cécile se demanda quelle vie il menait au milieu des forains, contraint de soigner des animaux qu'on maltraitait.

Ils allèrent ainsi d'une vigne à une autre, d'un bois à un autre, d'un versant à un autre deux heures durant jusqu'à ce que l'une d'entre eux interpelle la troupe :

— Là !

12

Nicole avait pilé sur sa bicyclette et désignait un point mouvant. À trois cents mètres de distance à peu près, ils aperçurent une silhouette caracolant. Le poney jouait avec un corbeau, agitant sa crinière tandis que l'oiseau planait bas, juste devant lui. Après une ruade de pure extase, il fit un écart et repartit au galop, droit vers la forêt.

En atteignant le bois de rouvres, les gamins mirent pied à terre pour ne pas effrayer l'animal. La piste était facile à repérer maintenant qu'ils connaissaient la bonne direction. Pablo partait devant, suivi de Cécile et de Bruno, puis Vincent et les autres, Jean-Jean, Nicole, Nalie, Pierrot, Tine, Didier et Nanar.

Poly avait fait halte au milieu d'une clairière et broutait paisiblement. Il releva la tête en les entendant progresser mais demeura placide, à les regarder venir.

Le gitan siffla doucement entre ses dents :

— Purée, je l'ai jamais vu comme ça !

— Il va bien ?

— Mieux que bien !

Cécile avait beau être soulagée, il fallait marquer le coup. Elle prit une voix de « raisonneuse », sans réaliser combien elle ressemblait à sa mère à cet instant.

— Poly, je suis très fâchée. Tu dois jamais t'en aller sans prévenir ! Je t'avais apporté une surprise, je sais pas si tu l'as méritée. Tu vois tout ce monde qui est parti à ta recherche ? Faut me promettre que tu recommenceras pas !

Elle tira une petite pomme sauvage de sa poche, l'offrit, et sentit les lèvres du poney la chatouiller.

— Tu comptes le ramener au cirque ?

Bruno l'observait d'un drôle d'air. Elle fronça les sourcils, de nouveau méfiante.

— Sûrement pas ! Ils vont le tuer ! T'as pas entendu ce que je t'ai dit ?

— Si, j'ai pigé. Sauf que les gendarmes y disent le contraire. Faut le rendre, y a pas le choix.

Il se tourna vers les autres, bras levé, afin de donner l'exemple.

— Qui est pour ?

Leur chef était tellement sûr de son coup qu'il mit quelques secondes à saisir la situation. Personne ne l'avait suivi. Vincent, franchement énervé, ne comprenait pas pourquoi Bruno voulait rendre le cheval, à part si c'était pour emmerder la nouvelle... Il sauta sur l'occasion :

— Qui est contre ?

Dix mains se levèrent. Bruno comprit qu'il venait de perdre une bataille. Il fusilla sa bande du regard mais eut le bon sens de ne pas se mettre en colère. Mieux valait attaquer le problème autrement. Il apostropha directement l'ennemi :

— Toi, la fille, t'es pas d'ici, t'as pas le droit de voter. Quant à toi, le forain, si ton patron apprend que tu le trahis…

Vincent l'interrompit une fois encore :

— C'est pas eux le problème. On est tous d'accord pour garder le poney. Tu pourrais nous aider, tu as l'habitude des bêtes.

Bruno comprit aussitôt qu'il ne pourrait pas gagner, alors il céda. Primo, la vengeance est un plat qui se mange froid et deuzio, ce serait plutôt marrant d'avoir un canasson à disposition en attendant que le vent tourne. Et puis il était curieux de voir comment la Parisienne allait se dépatouiller de la situation. Elle réfléchissait, visiblement perdue.

— Il nous faut une bonne cachette, parce que…

Elle hésita à leur parler de la serre avant d'abandonner l'idée. Ils n'étaient pas encore assez amis.

— On peut pas le laisser ici. Vous connaissez un endroit ?

Vincent hocha la tête, pensif.

— Y aurait bien l'ancien cabanon à mon père. Personne y va sauf à la saison de la chasse et il est trop éloigné du village pour servir autrement. On y met du fourrage en réserve. Dans le coin, on aura du mal à trouver mieux, je crois…

— Génial ! On te suit !

Emmener Poly fut beaucoup plus facile avec Pablo. Le poney l'aimait bien et semblait content de se retrouver en compagnie des enfants. Soucieux d'esquiver l'estafette de Vachard, ils passèrent par des sentiers détournés pleins d'ornières, contournèrent deux fermes, traversèrent une zone de garrigue et parvinrent enfin à une cahute bâtie en pierres sèches. L'enclos qui l'entourait jadis avait cédé en plusieurs endroits. À l'intérieur, le sol était en terre battue. On avait remisé une botte de foin contre le mur du fond qui pouvait faire office de paillasse. Une table, deux chaises et une étagère complétaient l'ameublement sommaire. Sous l'unique robinet raccordé à un puits, on avait disposé un seau rouillé que Pablo s'empressa de remplir.

Poly pénétra dans la bâtisse afin de flairer les lieux, arracha quelques brins de paille au passage et ressortit aussitôt. On aurait dit qu'il faisait le tour du propriétaire et s'assurait que personne ne l'enfermerait. Quand Pablo lui présenta le seau, il se désaltéra à longs traits.

Devant sa quiétude Cécile se sentit brusquement heureuse, légère à s'envoler ! En quelques heures, tout avait changé. La bande de Beaucastel les avait aidés et, même si on ne pouvait pas encore se considérer comme vraiment amis, un pacte les liait. Elle se lança :

— Écoutez, vous autres ! Personne doit savoir qu'il est ici, ce sera notre secret.

— Oui ! Dacodac ! Personne !

Ils lui souriaient béatement, sans aucune réserve.

— Juré, craché ?

— On jure !

Ils levèrent une nouvelle fois les mains, crachèrent l'un après l'autre, jusqu'au petit Nanar qui s'en mit plein le col et s'attira des moqueries. Vincent était le seul à ne pas rire.

Il se campa devant Bruno.

— T'as pas juré.

— Le curé, il dit que jurer c'est un péché.

— Il dit aussi que c'est pécher de coucher et il se tape la bonne ! D'habitude t'es pas pressé de répéter ses sermons !

— Il la tape ? interrompit Nanar.

Sa naïveté et l'hilarité qui suivit empêchèrent une dispute et on finit par discuter de la nécessité de retaper un enclos. Il fallait se dépêcher avant la tombée du jour, sans quoi les parents se douteraient de quelque chose. Bruno qui avait des compétences en matière de menuiserie, puisqu'il dirigeait déjà les travaux de la cabane, prit le commandement. On trouva quelques pieux dans l'établi, une masse sur l'étagère et les plus grands se chargèrent de redresser les fils barbelés qui traînaient dans la poussière.

Afin de restaurer son autorité tout aussi chancelante, le fils du boucher se mêlait de chaque opération et donnait des conseils qui sonnaient comme des ordres.

— Pas ainsi, fada ! Faut mettre du bois plus dur, sinon ça tiendra pas ! Tends plus ton barbelé ou il pendouillera pire que les bajoues de la mère Joseph ! Dis voir, Tine, apporte un nouveau pieu au lieu de te tourner les pouces !

Comme la lumière commençait à baisser, l'inquiétude gagna Cécile.

— Vous croyez pas qu'il sera triste si on l'enferme encore ?

Pablo secoua la tête.

— On l'enferme pas, regarde, il a toute la place autour pour se promener. On va lui construire un enclos avec plein d'espace. Et on laissera la porte ouverte s'il veut se mettre à l'abri du vent, cette nuit.

— Faudra faire des tours de garde pour le nourrir.

— Des tours de nourriture, alors, répliqua Tine, rose de plaisir.

— Exactement !

— On aura le droit de monter dessus ?

Nanar suppliait le gitan, les yeux écarquillés.

— Non, ça on ne peut pas...

— Pourquoi ?

— Au cirque, ils lui mettaient une selle avec un gros clou pointu. C'est pour ça que Riton se faisait éjecter. Chaque fois qu'il lui grimpait dessus le clou s'enfonçait dans son dos. Du coup il supporte plus qu'on le monte. Il voudra jamais plus.

L'indignation fut générale. Si ces gosses de paysans n'étaient pas délicats comme les citadins dont ils se moquaient, ils n'aimaient guère la cruauté et détestaient qu'on les entourloupe. En outre, la moitié d'entre eux avaient vu le spectacle et le petit cheval les avait enchantés. Ce n'était pas un traitement à faire endurer à une bête si gentille !

À l'ouest, le soleil disparaissait derrière la tour carrée. Bruno donna le signal du départ. Il était grand temps d'aller récupérer Mag à la cabane et de s'en retourner s'ils ne voulaient pas se faire attraper !

13

Cécile comptait se glisser en douce dans sa chambre puis en redescendre avec un livre en guise d'alibi, mais Louise l'attendait à la cuisine.

— J'ai l'impression que tu t'es bien amusée, je me trompe ?

Elle pointait sa robe maculée de terre et ses cheveux en bataille d'où quelques brins de paille émergeaient.

— Tu t'es mise dans un état…

— On s'est promenés avec Pablo et une bande de copains.

Le visage de Louise s'illumina d'un coup.

— Oh, mais voilà une excellente nouvelle ! Je savais bien qu'il y avait quelque chose de changé. Je comprends mieux à présent…

— C'était vraiment chouette, maman, sauf que j'ai besoin d'une bicyclette maintenant ! Tous les autres en ont une !

— Si ce n'est que ça, je pense que Lucien pourra nous dépanner en attendant ton anniversaire. Qu'est-ce que tu en dis ?

— Extra génial !

Sa mère souriait et Cécile vit soudain qu'elle s'était apprêtée et coiffée. Elle portait sa robe jaune paille avec une jupe de danseuse.

— Tu es belle...

— Et toi, tu le seras après ton passage à la salle de toilettes. On sort ce soir !

— Où ça ?

— Surprise ! Allez, dépêche-toi...

L'enfant sentit soudain une vague d'espoir l'emporter. Elle en sauta d'enthousiasme.

— Je sais ! Papa vient nous voir !

— Oh ma puce...

Louise grimaça, sa gaîté envolée. L'espace d'une seconde, Cécile la détesta. Elle la haït de ne plus se donner du mal pour regretter son mari, d'être belle et bien coiffée et de l'oublier, de rire alors qu'il était seul, dans une affreuse ville d'Italie. Et puis la fatigue lui tomba dessus, d'un coup. Sa mère la fixait tristement, avec ce pli de souci entre les sourcils. Elle ne l'avait même pas grondée. L'enfant feignit l'impatience et se dépêcha de monter l'escalier.

— J'arrive !

La représentation du samedi soir avait lieu à vingt heures.

Dans les gradins, elles se faufilèrent vers les premières places, saluant au passage Colette et son petit mari, le boulanger. Les lumières scintillaient, on s'exclamait de plaisir « Alors finalement, vous vous êtes décidés » ou on lorgnait les touristes venus de si loin pour prendre des vacances. Il y avait des gens de Montjoie, de Forvielle et même du gros bourg. Cécile songea aux affiches du cirque où Poly caracolait, crinière au vent.

La surprise était simplement un pur cauchemar ! Sans la peur de trahir son secret, elle aurait trouvé une excuse. Sauf qu'il n'y en avait pas. Il fallait avancer vers la dame en velours, plaquer un sourire qui lui tirait les joues, répondre des « Oui ! Super ! Chouette ».

Cécile se demanda comment ils allaient faire, ce soir, sans la vedette.

Soudain, elle croisa un visage familier. La fille qui s'appelait Nalie leva un doigt qu'elle posa sur ses lèvres. *Je dirai rien,* semblait-elle promettre. Cette vision la réconforta un peu. Sur la piste, Brancalou venait d'apparaître, fouet au poing.

Les numéros s'enchaînèrent, tous ceux auxquels elle avait assisté, mais ils paraissaient différents vus des gradins. Elle comprit que, sous les lumières, dans le rond parfait délimité par les barrières de couleurs, il était impossible de distinguer les grimaces et les coups, la peur et les contraintes. Ici, tout était beau ou franchement comique, les chiens sous leur bonnet à clochette, Pablo et son capucin moitié milord moitié balayeur, les chèvres savantes, le numéro de madame Gina et Brancalou lui-même, capable de faire surgir une colombe qu'il envoya vers Louise, lui décochant au passage une grimace qu'il voulait offrir en sourire.

Cécile n'eut même pas le temps de s'indigner qu'on annonçait le clou du spectacle, le fameux, le célébrissime, l'extra formidable Polyyyyyyyy !

Elle se sentit défaillir. Comment était-ce possible ?

Elle en avait la nausée d'imaginer que peut-être, par un affreux miracle, les gendarmes avaient mis la main sur Poly et l'avaient traîné là de force. Qu'on l'avait harnaché de la selle à clou, poussé dans les coulisses et qu'il patientait derrière le rideau rouge !

Le tambour roulait, et la fillette serra les poings en cherchant Pablo du regard. Elle le savait ! Leur cachette n'était pas si bonne ! Ils auraient dû laisser un guetteur ou bien retourner à la serre et mettre un verrou. Même partir loin, s'enfuir... À moins que Pablo ne les ait dénoncés pour éviter une sale punition, comme l'avait prédit Bruno. Les idées tournaient dans sa tête et la rendaient malade...

— Celui que vous attendiez tous fait ce soir son grand retour !

Le petit homme pointait du fouet le rideau rouge et le public retint son souffle, conscient d'assister à un moment exceptionnel. Personne n'ignorait l'histoire de la disparition. Il y avait là un mystère, une magie qui trouverait donc son explication dans quelques secondes.

Le tambour s'arrêta, les trompettes moururent, et pendant un instant régna un silence absolu à vous écraser le cœur.

— Monsieur Poly ? Nous vous attendons. Il se fait toujours désirer celui-là ! Peut-être voudrait-il vos encouragements ?

— Po-ly ! Po-ly !

L'attente était insoutenable, dans l'expectative, ils se mirent tous à crier.

Le rideau finit par s'écarter et la silhouette du poney se découpa dans le rond de lumière, à contre-jour. Il avançait cahin-caha, avec une maladresse de mauvais augure. Cécile baissa la tête, accablée. Elle ne voulait pas voir ça ! La rumeur changea, se mua en stupéfaction.

Elle glissa un regard, découvrit un cheval postiche en tissu rembourré, monté sur quatre jambes indéniablement humaines, étouffa un petit cri que Louise prit pour de la joie. Le directeur fouetta l'air afin d'ordonner la cadence, tantôt un trot enlevé, tantôt au pas, il y en avait plusieurs, pas chassé, pas de cavalcade, pas de l'oie avant de partir sur un galop désordonné, les longues jambes de Ficelle obligeant celles de Riton, plus courtaudes, à accélérer pour ne pas se retrouver éjecté de la croupe grotesque en pleine course !

Dans le public certains riaient de bonne foi, d'autres, déçus de cette fausse révélation, sifflaient de frustration.

Brancalou sentit qu'il devait conclure.

— Alors, mauvaise graine, tu t'étais enfui ? Et par où tu as filé, dis-moi ? Bon à rien, mauvais à tout ! Encore à courir la petite ponette, je parie ?

Profitant que le cheval lui passait devant, il lui administra deux solides coups de pied aux fesses, si bien que le postiche, parti dans son élan, se renversa, se divisant brusquement en deux : Riton et Ficelle surgirent de leur rembourrage, tout rouges et échevelés ! Ils déguerpirent sous les claquements du fouet et les rires moqueurs.

Cécile comprit que jamais ils ne pardonneraient ce mauvais tour à Poly.

14

Brancalou déprimait. Il déprimait à grands coups de gnôle, partagé entre la mauvaise humeur et un profond sentiment d'injustice. Cela faisait une bonne semaine que le maudit canasson avait disparu, et avec lui la raison d'être de leur cirque ! Sans le poney, le spectacle perdait son sel et, par contrecoup, lui allait perdre sa place de meilleur forain de France et de Navarre ! Parce qu'il était sacrément bon en Monsieur Loyal comme en directeur de cirque ! On le lui avait dit et chanté sur tous les tons ! C'était même écrit dans le journal ! Alors il buvait, se saoulant pour noyer son chagrin et son désespoir ! Et parce qu'il n'y pigeait rien. Une disparition pareille, si énigmatique, si radicale et perverse, ça ne se trouvait pas sous le sabot d'un cheval, foi de forain ! Il y avait là de la magie noire ou pire un complot contre lui !

Voilà une heure que le petit homme déblatérait au comptoir du bar-tabac-épicerie, et André, le patron du bar, commençait à s'impatienter quand Victor pénétra dans son établissement. Soulagé de l'interruption, André s'empressa auprès de son nouveau client.

— Qu'est-ce qu'il veut ?

— Du gris, à rouler.

Victor empocha le paquet de tabac, chercha quelques piécettes dans sa poche, mais déjà on lui empoignait le bras par-derrière. Il se tourna, agacé, pour se trouver nez à nez avec son ennemi. Brancalou avait perdu de sa superbe. Ses cheveux habituellement gominés se dressaient en touffes crasseuses, sa moustache pendait mollement et son œil était pour le moins vitreux. Au lieu de se mettre en colère, le forain ouvrit les bras, hilare.

— T'en as mis du temps ! Je t'attendais. Tavernier, c'est ma tournée !

— Oh, du calme, l'ami, du calme.

Voyant venir les ennuis, André essayait de tempérer l'enthousiasme ambiant, mais autant éteindre un feu d'un crachat de salive !

— D'abord, Dédé, laisse-moi te dire que je suis pas ton ami. Mon camarade, c'est ce gaillard ici présent ! Mon poteau. Mon frérot. Pas vrai ?

Victor voulut se dégager mais Brancalou le tenait dans une étreinte féroce, beuglant de plus belle, sa gueule ouverte libérant des relents d'eau de vie.

— On est pareils, toi et moi, toujours ici et ailleurs ! Seigneurs et baladins, toi dans ton château, moi dans ma roulotte ! Allez, on trinque !

— J'ai pas soif.

— Moi non plus. Et pourtant je bois !

Il en fit la démonstration en vidant le verre que le patron venait de lui remplir, rota de satisfaction et reprit d'un ton grave :

— T'sais pourquoi ? Non ? Allez, fais un effort, tu le sais forcément, toi ! Je bois parce que je suis seul. Aussi seul et abandonné qu'un chien. Mon Poly m'a quitté. Un matin, j'ai trouvé sa cage vide et ça... ça, tu vois ça m'a fait mal...

Il noua son poing, l'appuya contre son plexus et poursuivit sur un ton rempli d'emphase :

— Une vieille blessure s'est rouverte, mon pote, et ça me lancine au fond de la poitrine, tout au fond. Mon Poly m'a quitté exactement comme mon Angèle, sans prévenir. Tu l'as connue, Angèle ?

— Non. Je vois pas comment j'aurais pu...

L'autre n'écoutait pas, le regard au plafond, comme illuminé par une vision céleste.

— Un petit ange, avec sa crinière blonde... tiens, comme Poly ! Si c'est pas une coïncidence, encore. Et un maudit matin, pfuit ! elle était plus là... Et... et...

— Sa cage était vide ?

— Voilà, camarade, t'as tout pigé ! Partie, l'Angèle, la diablesse. Elle m'a laissé seul, tout seul ! Enfin, presque ! Parce que madame m'a quand même laissé un souvenir. Le fruit de nos amours mortes... Mère indigne ! Partie sans se retourner ! Et ce serait sans rapport ? Té, je suis pas né de la dernière pluie !

Il demeura un instant silencieux, pantelant, le nez coulant de morve. Vaguement ému par sa détresse, Victor baissa la garde.

— Il est tard, rentre chez toi, va...

Il n'aurait pas dû s'attendrir. Brancalou se dressa brusquement, l'œil mauvais. Il émergeait de son accès de camaraderie requinqué, et la méfiance revenait plus forte, se muait en certitude.

— Brigand ! Voyou ! C'est toi qui m'as pris Poly... Je jure que c'est toi !

— Et toi tu as bu un coup de trop, alors va te coucher.

— Tu es rien que de la charogne !

— Tu sais quoi, Branca ? Je crois que je te préfère encore quand tu m'insultes plutôt que quand tu me joues la comédie de l'amitié.

Victor paya son tabac et tourna les talons, indifférent à la dernière bordée de colère, mais Brancalou le rattrapa et l'empoigna.

— Crapule ! On va t'y refoutre, en prison !

Victor, cette fois-ci, le repoussa vigoureusement, si bien que le forain s'écroula entre les tables. Il continua pourtant de hurler, rouge de colère, alors que le patron le relevait. Mais Victor était déjà loin.

— Au trou ! À perpétuité ! Avec ce qu'il a fait et le vol de chevaux, cette fois il y réchappera pas ! Té, on en décapite pour moins que ça...

André était brave homme. Il lui servit un café et tenta de le raisonner. Il se demandait pourquoi le cirque était encore au village. Généralement, les forains s'établissaient à Beaucastel pour une semaine, fin juillet, or on venait d'entrer en août et il n'y avait aucun signe de départ. Les commerçants étaient ravis. C'était de la publicité pour le village. N'empêche, on ne savait plus trop sur quel pied danser... Après quelques bafouillements et une tirade sur l'injustice de l'existence,

Brancalou finit par lui donner l'explication : lui vivant, ils ne partiraient pas avant d'avoir retrouvé Poly ! Il s'était mis en tête de résoudre le mystère de cette disparition, puis de livrer la sale bestiole au boucher. Personne ne pouvait se moquer de Brancalou, personne ! Ah il allait voir, le satané poney... du saucisson ! Et il le mangerait tout entier ! Parfaitement !

Huit journées s'étaient écoulées depuis l'escapade de Poly. Les enfants du village se relayaient de façon à surveiller la « planque ». Il y avait le poney à nourrir, bien sûr, mais il fallait aussi vérifier que personne ne rôdait. Pour ne pas attirer l'attention, on mettait à profit les moments de répit pour la construction de la cabane. Une fois passé l'excitation de la nouveauté, quand chacun se battait pour être volontaire, la bande avait décidé de mettre en place des tours de garde. Chaque soir, on désignait les deux qui s'y colleraient le lendemain. Cécile, soucieuse de ne pas éveiller les soupçons de sa mère, venait les après-midi. Elle se montrait joyeuse et Louise s'en réjouissait, persuadée que bientôt Paris ne serait plus qu'un lointain souvenir. En réalité, Cécile n'oubliait rien. Elle avait envoyé une nouvelle lettre à Turin, par précaution. Son père n'avait pas encore répondu à la première, il devait être occupé à travailler, c'était embêtant, mais elle lui faisait confiance. Il l'avait promis en partant : « Où que je sois, tu peux compter sur moi. Ne l'oublie jamais, ma fille préférée ! »

Il détestait les injustices, comme tuer un petit cheval de cirque afin de le débiter en tranches de saucisson !

Ce mardi-là, Vincent était venu prendre son tour de garde juste après le déjeuner. Il était pongé dans un *Rodéo* quand Cécile arriva. C'était la première fois qu'ils se retrouvaient seuls depuis la balade à vélo. Devant le garçon, elle se sentit fébrile, bêtement embarrassée. À quoi s'intéressait-il en dehors de sa bande et des BD de cow-boys ? Elle, elle préférait les romans, ne connaissait rien à la cambrousse et adorait les animaux – mais ça il avait sûrement compris ! Ses deux meilleures amies étaient des Parigotes pour qui la nature sauvage se bornait au bois de Boulogne. Ça ne faisait pas beaucoup de sujets de discussion.

Elle s'efforça d'avoir l'air naturel.

— Tout va bien ?

Vincent leva le pouce et le nez de son magazine. Contrairement à elle, il semblait tout à fait à son aise.

— R.A.S. Ton petit protégé t'attend…

— Il est où ?

— À l'intérieur, je crois. Moi, je vais pas trop traîner, les autres m'attendent à la cabane.

— Oh ! d'accord.

Il se relevait déjà, roulait son journal pour le caler dans sa poche de pantalon. Elle aurait aimé le retenir juste un moment et, faute d'inspiration, elle articula la première chose qui lui passait à l'esprit :

— T'as pas pris d'outils pour bricoler ?

— Pas besoin. On a notre matériel là-bas.

Ne sachant quoi ajouter, elle fit mine de frotter ses semelles. Vincent parut hésiter à son tour.

— Tu pourrais venir quand tu auras fini ici, on te trouvera des trucs à faire…

— Je sais pas trop. Ma mère finira par se demander où je file toute la journée. Et puis y a Bruno.

— Il cause plus fort qu'il mord, faut pas t'en soucier.

— Merci.

— De quoi ?

— Ben de tout ça. De prendre ma défense et pour le vote…

— Té, ç'aurait pas été juste, autrement.

Il haussa les épaules, gêné, enfourcha son vélo. Il paraissait soudain pressé de partir.

— Salut ! On se verra tantôt !

— Salut !

Dans la pénombre, le cabanon semblait désert et le cœur de Cécile s'emballa. L'idée que l'animal n'était plus là fit resurgir l'angoisse qui l'avait submergée pendant la représentation de cirque. Mais où pouvait-il être passé ?

Un bruit la sortit de son état de stupeur. Émergeant du tas de foin, la crinière hirsute, bouche fendue, Poly semblait rire de toutes ses dents comme après une bonne blague. Cécile ne put s'empêcher de s'esclaffer malgré sa frayeur. Elle se mit à jacasser, persuadée que d'une façon ou d'une autre le petit cheval l'écoutait. Louise le répétait souvent : mieux on parle à quelqu'un, plus il comprend de choses !

— Mon Poly ! Tu m'as fait peur. J'ai cru que Brancalou t'avait retrouvé et ramené au cirque ! Et puis chaque soir, je me demande comment tu vas passer la nuit, tout seul dans cette grande campagne ! On est un peu pareils, toi et moi, on n'est pas habitués. Je dis pas que tu es de la ville, je suis pas une andouille, mais le ciel d'ici, la nuit, ça impressionne drôlement, pas vrai ? Je suis sûre que t'en avais jamais vu d'aussi noir depuis ta cage ! Maintenant, toi aussi tu as une maison, au moins le temps que le monsieur Moustache se décide à ficher le camp ! Je sais que t'aimes pas qu'on parle de lui, alors on va faire comme s'il existait pas ! Attends, je t'ai apporté quelque chose, un truc qui fait croc-croc. Devine quoi ?

Le poney remuait les oreilles, attentif au flot de paroles. Au mouvement de ses oreilles, on aurait juré qu'il suivait le discours. Cécile fouilla son cartable – qui lui servait de cabas, de sac à main et de fourre-tout –, en sortit une carotte, croqua dedans et attendit. Cette fois Poly n'eut aucune hésitation. Il tendit le cou et d'un coup de langue s'empara du légume, barbouillant la figure de la fillette au passage.

— Eh, tu peux garder tes baisers à la bave !

Elle riait de triomphe et lui offrit une autre carotte, osa le caresser alors qu'il s'empiffrait, remontant vers le front, les doigts jouant sous la crinière blonde. Après un bref raidissement, l'animal se laissa flatter, bercé par la voix de la fillette. Jamais il n'avait éprouvé autant de confiance qu'auprès de cette enfant bavarde.

— On va plus se quitter. T'iras partout avec moi. Même à Paris, quand maman sera remariée avec papa. On te trouvera bien une pension et je viendrai te voir. Enfin, j'espère… Parce que, les parents, t'as même pas idée comme c'est compliqué, je parle des parents humains.

Poly acquiesça d'un hochement de tête, à moins qu'il n'ait chassé une mouche, cela n'avait guère d'importance.

— À partir d'aujourd'hui on est amis. Des meilleurs amis. Tu veux bien ?

Il poussa son museau entre ses mains ouvertes et Cécile se laissa envahir par la confiance.

— Nous deux, je te promets, on ne divorcera jamais !

Le poney poussa encore, et l'enfant chuta à la renverse, hilare.

— Je vois que monsieur Poly t'a à la bonne !

Elle sursauta avant de reconnaître Pablo qui se tenait sur le seuil du cabanon. Celui-ci était surpris par la vitesse avec laquelle son cheval s'était laissé apprivoiser. La petite avait quelque chose, une sorte de naïveté mêlée de hardiesse qui devait rassurer l'animal.

— T'as vu ! Il a compris que j'étais son amie.

— Peut-être parce qu'il est aussi tête de mule que toi !

— Attends, j'ai une idée. Il faut qu'il oublie ses mauvais traitements !

Cécile s'empressa de tirer la chaise de cuisine et s'y jucha, afin de monter sur le dos du petit cheval.

— Je vais y aller tout doucement pour pas te faire de mal…

La promesse n'eut aucun effet. Poly eut d'abord un frisson puis se cabra brutalement, avant de se sauver dehors.

Cécile se serait giflée d'avoir été si bête.

— Oh ! Pardon ! J'aurais pas dû, je m'excuse ! Je te promets de pas recommencer !

Elle se tordait les mains, cherchant comment se rattraper. Son impatience avait tout gâché ! Une ânerie de stupide gamine ! Finalement, elle se tourna vers Pablo en quête d'un conseil.

— Je fais quoi maintenant ? Il voudra jamais plus que je le touche.

— Laisse-le se calmer. Il est pas fâché, c'est juste qu'il ne supporte pas d'être monté, je t'avais prévenue… Il voudra jamais.

— Même si on l'aime très très fort ?

— Même.

Le gitan s'était assombri, et Cécile devina qu'il ne s'agissait pas seulement du cheval. Elle préféra ravaler ses questions plutôt que de le brusquer. Côté dégâts, elle en avait assez causé pour la journée !

Après avoir vérifié la barrière et rempli le seau, ils s'en retournèrent tranquillement vers le village. Ce jour-là une brume mangeait l'horizon, baignant la campagne d'une lumière poudrée. Ils allaient sans parler, mais le silence était paisible, dénué de gêne. En un sens, alors que tout les séparait – les habitudes, l'éducation, le mode de vie –, ils se comprenaient parfaitement. C'était un petit miracle d'amitié que chacun ressentait et acceptait, simplement.

Après un moment, Pablo se décida à se confier :

— Quand j'étais petit, je suis tombé du haut d'un trapèze. Brancalou avait refusé de me mettre la sécurité, il disait que le public allait voir la corde… Je m'étais entraîné sérieusement, mais c'était pas assez. On devient pas acrobate avant plusieurs années, c'est pour ça que les mômes servent surtout de faire-valoir, sauf que chez nous on manquait de trapézistes et j'ai dû apprendre deux fois plus vite.

— Tes parents étaient d'accord ?

— Ma mère était déjà plus là…

— Elle est morte ?

— Non ! Juste partie avec un jeune gars. Elle pouvait pas me prendre, faut croire. Ou elle a pas voulu…

— Ça se fait pas, ça ! C'est horrible !

Cécile songeait à Louise et à son attachement passionné, ses recommandations agaçantes, son souci de bien faire et sa façon d'être parfois si distraite. Jamais sa mère ne l'aurait abandonnée ! Jamais, même après le divorce !

— Et ton père ?

— Lui… Il s'est pas occupé de moi. Pas de cette façon. Pour commander, oui, il est toujours là, il pense qu'un garçon ça s'élève à la dure, que les chichis c'est pour les poules mouillées ! Et puis il a d'autres chats à fouetter…

Il cracha ces derniers mots avec une ironie mordante, mais Cécile n'en saisit pas toute la portée.

— Je comprends ! Moi, c'est mon père qui me manque. Il voyage tout le temps, mais j'espère qu'il va venir bientôt nous rendre visite. Y a trop de gens qui tournent autour de maman… Remarque, peut-être que si j'avais eu mes deux parents, j'aurais pas eu le courage de sauver Poly.

Le sentier qu'ils avaient emprunté débouchait non loin du pré de l'Abbaye. En approchant du village, ils aperçurent un groupe massé devant l'estafette. Il y avait là le directeur du cirque, Ficelle, le maire et les gendarmes. Le réconfort que Cécile et Pablo éprouvaient à échanger des confidences s'évapora aussitôt.

— Les gendarmes ! Tu crois qu'ils ont trouvé un truc ?

Le garçon voulut la rassurer, mais il hâtait déjà le pas.

— Le poney est à l'abri, on vient de le quitter.

— Et si j'avais laissé des traces ?

— Quelles traces ?

— Je sais pas ! T'as bien trouvé ma barrette. Des empreintes, par exemple !

— Parce que tu crois que t'es la seule à tourner devant les cages ?

— Non, bien sûr, mais...

— Chuut ! Écoute plutôt.

Ils étaient assez près pour entendre les déclamations de Brancalou.

— Le cirque Poly sans Poly, c'est terminé ! Basta ! On va s'en aller ! Filer, déserter ! Et tant pis pour le prochain spectacle ! Vos touristes, vous pouvez les renvoyer dans leurs pénates, à se tourner les pouces !

Le maire protesta avec diplomatie :

— Calmez-vous monsieur Brancalou. Votre postiche enchante le public. Je serais à votre place, je resterais, au contraire !

— Et qu'est-ce que vous connaissez de ce qui plaît ? Une mascarade, un enterrement, oui !

— Peuchère, je le sais puisqu'on me le dit ! Les gens de Beaucastel veulent retourner voir le nouveau spectacle et ceux des villages alentour se passent le mot. Et je parle même pas des vacanciers ! Je vous comprends pas, té ! Pas plus tard qu'hier, chez Dédé, vous étiez d'accord pour rester ! Et puis qu'est-ce que ça changera d'aller plus loin ?

— Ça changera qu'on sera plus chez les voleurs de poney ! Des voleurs qu'on laisse libres d'agir en toute impunité !

— Que me chantez-vous là ? C'est pas le genre de par chez nous, voyons...

— Et Victor... Victor Malteil ! Il vous impressionne tellement maintenant qu'il a le château que vous ne l'avez même pas interrogé ! Je vous ai dit qu'il était dans le coup et personne n'a levé le petit doigt ! Et après on voudrait que je reste ! Et quoi encore ? *Basta cosi !*

Le brigadier-chef Chavard – le dénommé Vachard pour la bande de gosses – tenta de faire entendre la voix de la raison, arguant qu'on n'arrête pas les gens de cette façon, mais le forain n'entendait rien. En apercevant Pablo, et après l'avoir appelé d'un signe, Brancalou tourna tout bonnement les talons, et abandonna le maire et la maréchaussée médusés.

15

Pour Victor, le jour était arrivé d'enlever les fils qui suturaient sa plaie.

Le matin même en se réveillant, Louise y avait songé, cette pensée l'avait troublée. Elle s'était vêtue avec plus de soin que de coutume, même s'il n'en saurait rien puisqu'elle portait une blouse au-dessus de sa jupe et de son chemisier. Au dernier moment, elle avait choisi de se farder la bouche d'un rouge rosé, pas trop vif. Elle se sentait un peu idiote. L'homme était séduisant, un peu trop rustre à son goût pourtant, mais quelque chose chez lui la touchait. Peut-être parce qu'ils étaient tous deux en marge des villageois, épiés et critiqués. Ou peut-être était-elle touchée par le veuvage de Victor ?

Tu es sotte, on ne compare pas le sort d'un veuf à celui d'une divorcée ! Et puis qu'as-tu à y accorder tant d'importance ? Il ne pense pas à cela, ça se voit !

Les trois premières visites passèrent très lentement. Elle raccompagna enfin la veuve Alphonsine, les nerfs à vif.

Il attendait sagement, assis dans le couloir.

Il la suivit sans mot dire dans le cabinet. Le bandage était plutôt correct. Elle prit son temps pour le défaire, concentrée sur sa tâche. Elle voulait paraître professionnelle et réfléchie.

— On va pouvoir retirer les fils. Ça a bien cicatrisé.

— Vous avez fait médecine ?

— Qu'est-ce qui vous le fait penser ?

— Je ne sais pas... une intuition ? Vous feriez un excellent toubib, je crois.

— Merci. En réalité j'ai commencé mes études de médecine, mais j'ai dû arrêter. Il me restait trois années. Le destin en a décidé autrement. Mon père est mort, ma mère restait sans ressource, il a fallu gagner de quoi vivre.

— C'est courageux.

— Parfois, on n'a pas d'autre choix que de l'être.

— C'est vrai. J'ai eu aussi un mauvais coup du destin. J'ai même fait de la prison. Je préfère vous prévenir vu que les rumeurs courent vite par ici.

— Plus que vous ne croyez, on m'a déjà prévenue. On m'a aussi raconté l'incendie du château.

— Accidentel. J'ai été blanchi, mais pas assez au goût de Beaucastel.

— L'héritage aura sans doute suscité des jalousies, non ?

— Décidément vous savez tout ! En réalité je me fiche du château. C'est un tas de vieilles pierres à retaper, mais je n'en ai pas le cœur. J'ai tout perdu dans cet incendie, ma seule raison de vivre...

Il marqua un silence, et Louise eut honte en pensant à sa coquetterie. Cet homme ne s'était pas remis de son deuil et elle ne songeait qu'à se mettre du rouge à lèvres !

Elle finit par demander doucement :

— Pourquoi rester là-haut, tout seul ?

— Je suis pas tout seul.

— Ah…

— J'ai Balthazar, mon chien, et mes fantômes.

Il se remit debout, voulut enfiler son blouson et grimaça. Son bras était raide. Louise tenta d'alléger l'atmosphère d'une plaisanterie.

— La crampe du pianiste ?

— Quand même pas ! Il faudrait y aller comme un sourd ! J'ai simplement débité un peu trop de bois et je me suis bloqué l'épaule. Y a rien à faire, sauf laisser passer le temps.

— Ça, c'est vous qui le dites. Vous permettez ?

D'une pression elle l'incita à se rasseoir et palpa son dos, à travers sa chemise. Les points de tension étaient faciles à repérer.

— C'est là ?

Victor confirma d'une grimace.

— Logiquement, ce n'est pas la tâche d'une infirmière.

Louise hésitait soudain, prise de scrupules.

— La fois dernière non plus ce n'était pas pour vous et ma main est comme neuve. Et puis vous venez d'avouer que vous étiez presque docteur, non ?

— N'allez surtout pas répéter ça !

— À qui donc ? Mes murs sont muets et Balthazar sait garder les secrets.

— Ôtez votre chemise et montrez votre dos. Je vais vous faire craquer.

— Tiens donc !

Elle ne comprit pas le jeu de mots qu'elle venait de faire, remuée par la tournure inattendue que prenait la visite, mais remarqua son sourire hilare.

— Vous riez ?

— C'est vous qui me faites rire…

— Qu'ai-je fait de si drôle ?

— Vous avez dit que vous alliez me faire craquer.

Elle en rougit sans trouver quoi répondre, préférant se concentrer sur la manipulation qu'elle devait faire.

Sa poigne était ferme, solide, surtout pour des mains si menues. Il s'en étonna en silence. La douleur se concentra sur les muscles du cou avant de se diluer le long du bras dans un engourdissement qui se mua en bien-être.

Il chuchota, la voix rauque :

— C'est pas médecin que vous êtes, mais magicienne !

Elle éclata de rire. Au même instant Cécile poussa la porte. Elle se dressait, souriante, un bouquet de fleurs des champs dans son poing tendu. En découvrant sa mère penchée sur l'homme à demi nu, son sourire se figea comme du lait caillé.

— Maman ?

Elle n'attendit pas de réponse, ferma la porte d'un seul élan, et Louise eut beau se raisonner, elle ressentit un éclair de culpabilité.

En entrant dans la cuisine, la première chose qu'elle vit, c'étaient les fleurs jaunes qui dépassaient de la poubelle. Les tiges étaient brisées, elle ravala une réprimande devant ce gâchis. Cécile faisait mine de lire son éternelle *Alice au pays des merveilles,* assise devant la table vide. Pas d'assiettes, ni verres, ni couverts. Louise n'avait pas envie de se disputer, surtout que les choses s'étaient arrangées depuis peu.

Elle demanda gentiment :

— Quelque chose ne va pas, Chérinette ?

— Il faisait quoi ici, ce « monsieur » Victor ?

— D'après toi ? Il se faisait soigner.

— « Soigner », c'est ça...

— Ça veut dire quoi, ce ton, mademoiselle ?

— Rien. Sauf qu'au village les gens l'aiment pas. Et il a l'air louche.

— Et toi tu écoutes les ragots ? Tu m'aimerais donc moins si les gens me critiquaient ?

— Toi tu es ma mère, lui c'est personne.

— Personne, sûrement pas. Je dirais même que c'est un homme singulier et...

La phrase resta en suspens et Louise se tut, le regard perdu vers la fenêtre.

La colère submergea Cécile. Les mots jaillirent, durs et coupants, aussi froids que la glace :

— C'est à cause de toi si papa est parti, j'en suis sûre. Et maintenant, tu veux déjà le remplacer.

Comme sa mère blêmissait, elle conclut rageusement :

— Ben voilà, c'est réglé, je t'aime plus !

Pour ne pas avoir à s'expliquer, elle se précipita vers sa chambre. Elle frappait chaque marche avec rage et les pensées crépitaient dans sa tête.

Quelle égoïste ! D'abord sa mère avait voulu venir dans ce sale village, elle ne parlait jamais de son père, et maintenant elle faisait des sourires à tout le monde, on aurait dit qu'elle oubliait Paris, qu'elle voulait effacer le passé. Comme si rien de leur ancienne vie ne comptait !

Dans sa chambre, elle resta d'abord pétrifiée. La colère qui la rongeait depuis le divorce menaçait d'exploser. Tout ce qu'elle avait gardé pour ne pas « faire de peine », les cris, les reproches, les supplications, pour que ses parents restent ensemble. Elle commença à remplir son cartable presque machinalement : des chaussettes de rechange, une culotte, un pantalon, son nouveau short et un pull qui lui tiendrait chaud la nuit. Elle ajouta sa lampe de poche, une brosse pour ne pas avoir l'air « déguenillée », comme disait son ancienne meilleure amie Lucie, et une boussole-jouet qui ferait bien l'affaire. Au dernier moment, elle ajouta son livre fétiche en guise de porte-bonheur. Telle Alice, elle partait pour un voyage inconnu. Il lui faudrait une gourde et un casse-croûte qu'elle préparerait demain matin, à la cuisine. Des sous, aussi, qu'elle chiperait dans la boîte à monnaie.

Elle fourra le tout sous son lit et se mit sous le drap encore habillée.

On tapait à la porte. L'espace d'une seconde elle se crut découverte.

— Cécile ?

— Laisse-moi. Je veux pas te parler.

— J'ai cru remarquer. Tu as été très insolente, et même si tu as des chagrins, ça ne justifie pas ce ton…

Le silence plana derrière la porte.

— Bon. Eh bien, à demain. J'espère que tu seras de meilleure humeur !

16

Cécile attendit que l'aube se lève pour sortir discrètement en traversant la cuisine, et en s'échappant par l'entrée du verger. De cette manière, la voisine ne pourrait pas donner sa direction, même si ça n'avait plus vraiment d'importance. Sa mère ne s'inquiéterait pas avant midi. Il arrivait à la fillette de traîner au lit le matin. Et elles étaient fâchées. Ce serait bien fait pour elle !

Elle chassa le scrupule qui menaçait de l'envahir en repensant à la scène qu'elle avait surprise entre Louise et cet affreux Victor.

À six heures du matin, l'air était vif, presque sucré de l'odeur des pins. Malgré le poids de son cartable – elle avait ajouté du pain et du fromage pour elle, des pommes et des carottes pour Poly ainsi qu'une tablette de chocolat – elle se sentait légère, remplie d'optimisme. Elle fila d'abord au pré de l'Abbaye. Tout le monde devait dormir. Pablo logeait dans la roulotte bleue, la plus grande. Elle essaya de siffler comme il lui avait montré, mais ne réussit à produire qu'un bruit ridicule. Elle ne pouvait quand même pas attendre qu'il daigne apparaître. Chaque minute passée ici la mettait en danger.

Elle serra les poings, tourna autour de la caravane et finit par se décider.

— Pablo !

La porte s'ouvrit à la volée mais, au lieu de son ami, elle vit surgir Brancalou, les sourcils si froncés qu'ils dessinaient une barre sur son front. La moustache avait perdu ses boucles et tombait vilainement.

Elle s'enfuit si vite que l'homme dut se demander s'il n'avait pas rêvé. Tant pis pour Pablo. Les autres le préviendraient...

La maison de Vincent et Nicole se nichait à l'entrée du village, avant le passage voûté.

Cette fois, elle opta pour les graviers et en balança une poignée contre le volet de la chambre. Après une minute, elle se pencha pour saisir une pierre plus grosse quand les battants grincèrent.

Vincent passa la tête, encore ensommeillé. Derrière lui, on voyait une masse de cheveux hirsute sautiller. Nicole se pencha à son tour, ravie d'apercevoir Cécile. Pour l'empêcher de crier, celle-ci posa un doigt sur sa bouche, puis leur fit signe de venir la rejoindre.

En cinq minutes ils étaient en bas.

Ils entraînèrent la petite Parisienne derrière les cabinets de la courette.

Vincent lui adressa un sourire malicieux.

— Je parie que tu t'es encore fourrée dans un sale coup. Allez, raconte !

Cécile hocha la tête. Avec Pablo, le garçon était le seul à deviner les choses. Elle avait préparé son discours jusque tard dans la nuit, avant de s'endormir d'un sommeil agité.

Elle leur présenta son plan.

Celui-ci n'était sans doute pas exempt d'incertitudes, mais il avait l'avantage de la simplicité. La première chose à faire pour la fillette était de se réfugier au château fort – leur cabane – pendant que Vincent et Nicole se chargeraient de rameuter les autres. Si on voyait Pablo, on le préviendrait, sinon ça attendrait l'après-midi.

Cécile partit donc aussitôt en direction de la forêt. L'attente dura plus de deux heures et mit ses nerfs à rude épreuve. Finalement, ils arrivèrent à la queue leu leu, Bruno en tête de cortège et Nanar bon dernier, arborant encore des moustaches de lait. Certains brandissaient une canne à pêche, d'autres poussaient leur vélo. Nalie avait emporté un sac de pommes, Didier un panier à écrevisses. Bruno expliqua leur retard : comme c'était jour de marché, Tine et lui avaient dû aider à monter l'étalage, ensuite il avait fallu attendre le reste de la troupe qui n'avait pas avalé de pendule. Aux parents qui s'étonnaient, on avait prétexté une partie de pêche.

Le marché ! Cécile l'avait oublié ! Une idée encore vague lui rendit sa bonne humeur. Elle aurait besoin de leur aide, mais, avant tout, sa grande mission était d'exposer son plan à toute la bande et, surtout, de convaincre le chef.

Avec Bruno les rapports s'étaient détendus, du moins en apparence. Elle se rendait bien compte que ses délicatesses de fille de la ville agaçaient beaucoup le fils du boucher, sans compter son amitié naissante avec Vincent. Mais le garçon était malin à défaut d'être généreux. Si son projet l'envoyait, elle, la nouvelle, loin de Beaucastel, il avait de grandes chances de plaire à Bruno !

Cécile leur raconta ce qui s'était passé et leur expliqua qu'on ne pouvait plus continuer à cacher Poly. Plus les jours avançaient, plus les forains harcelaient la gendarmerie. Dans le pays, cette histoire de poney invisible devenait une farce, or le brigadier-chef *Vachard* et son adjoint Pilon avaient une réputation à tenir ! À force, ils finiraient par leur tomber dessus. Le cabanon de chasse avait beau être isolé, il n'était quand même pas fiché sur la lune ! On serait bientôt démasqués. Ou bien les parents leur feraient cracher la vérité. Bref… pour éviter une punition collective, elle avait décidé de partir avec Poly. Ils iraient en Italie, dans les faubourgs de la grande ville de Turin. Son père vivait là-bas. Elle emporterait ses économies, presque dix francs. Avec les vingt francs pris dans la cagnotte de la maison, ce serait bien assez pour manger. D'après ses calculs, le voyage durerait quelques jours seulement. Sa grande idée, c'est que personne n'irait soupçonner une fille et sa monture. Poly la protégerait des questions ! Une fugitive irait-elle s'encombrer d'un cheval ? Elle avait juste besoin que la bande garde le secret, et surtout qu'aucun d'entre eux ne donne jamais sa destination, en tout cas au début ! Ensuite, elle serait hors de portée. Et puisque c'était jour de marché aujourd'hui, ils pourraient détourner l'attention en provoquant du désordre le temps qu'elle disparaisse avec Poly. Parce que, si on la surprenait sur la route, c'en serait fini de son plan, retour à la case départ et... au boucher !

Elle conclut gravement, en fixant Bruno droit dans les yeux :

— Ce serait sûrement une bonne nouvelle pour ton père, mais si on retrouve Poly, ce sera comme le condamner à mort.

Le garçon réagit étonnamment bien. L'idée de causer un barouf de tous les diables le réjouissait d'avance ! D'ailleurs son père n'avait aucun besoin d'un poney de cirque pour son commerce, il préférait les bêtes à viande bien costaudes.

Tine en revanche semblait retenir ses larmes. Elle demanda d'une petite voix :

— Tu nous enverras une carte postale ?

— Oui, dès que j'arriverai. Et je vous inviterai à mon anniversaire. Tous en Italie avec Poly !

Ils applaudirent, partagés entre l'excitation de participer à une affaire secrète dont on parlerait longtemps au pays et l'abattement de voir la fin venir.

Nanar s'approcha pour recevoir un bécot de « la Parigote », Nalie offrit son sac de pommes, Mag renifla avec mauvaise humeur pour s'empêcher de pleurer alors que Tine ne sut pas retenir ses larmes. Didier lui serra la main en rougissant pire qu'un touriste sous le cagnard. Jean-Jean et Pierrot, plus timides, se contentèrent de hocher la tête en souriant. Nicole prit carrément Cécile dans les bras pour lui claquer deux bises sonores. Vincent chuchota très vite, en effleurant sa joue :

— Tu peux compter sur nous… Et j'espère que tu reviendras.

— Je sais pas. Peut-être.

Il sentait le sel et un parfum d'herbe.

Elle se redressa, le cœur battant.

Bruno avait attendu que les chichiteries de leurs adieux cessent et, quand arriva son tour de saluer, il se contenta de lever la main en guise d'au revoir, comme tout bon chef le ferait, sans sensiblerie ni émotion.

Il avait eu le temps de réfléchir pendant le défilé des « chialeuses » et semblait satisfait de lui.

— Tu seras pas là pour voir, mais je viens de fignoler un plan d'attaque pas piqué des vers ! Comme dirait mon oncle du maquis, on va lancer une opération de diversion. Tu peux partir tranquille, ils vont être occupés.

Cécile acquiesça, incapable de répondre. Sa gorge était nouée d'émotion. À cet instant elle aurait voulu que ses amis la retiennent, qu'ils lui crient de rester, qu'on s'arrangerait autrement.

Elle résista au sursaut de panique et demanda simplement :

— Quand vous verrez Pablo, vous lui expliquerez, hein ?

— On lui dira tout, te soucie pas !

Vincent lui souriait. Elle enfila les bretelles de son cartable, luttant contre les larmes, regarda ses camarades une dernière fois, leurs visages bronzés et leurs mines graves, une bande de gamins aux genoux écorchés qui feraient tout leur possible pour l'aider, elle, la Parisienne !

Elle leur tourna le dos et s'éloigna sur la piste de terre battue qui s'était singulièrement élargie depuis qu'ils l'empruntaient plusieurs fois par jour.

Dernière fois, se disait-elle. *Dernière fois que tu respires le thym et les épines de pin, que tu passes par le bois aux rouvres, que tu écoutes les grillons, ceux de Beaucastel, parce qu'en Italie il doit bien y en avoir. Et puis y aura papa. Lui, il comprend tout. Il saura bien que j'avais pas le choix. Et si je reviens, je retrouverai Vincent… Vincent ça rime avec brillant. Caïman. Alezan. Vincent sent l'origan…*

Elle éclata de rire. Elle était en train de fuir, et la seule chose qui lui venait à l'esprit c'était de penser à un garçon !

Cécile, débile, fragile, file chez les crocodiles !

17

La diversion de Bruno était effectivement brillante et plutôt culottée. Avec l'aide de Max, le chien de Tine, ils ouvrirent l'enclos des chèvres et le pré aux brebis et prirent la direction du village.

L'idée, c'était de pousser les pauvres bêtes dans la ruelle pavée qui menait droit à la place centrale où se tenait le marché. Eux se disperseraient une fois le troupeau engagé. Les filles et Nanar fileraient par l'arrière et s'arrangeraient pour se tenir du côté du lavoir. Bruno rentrerait nonchalamment chez lui « donner un coup de main ». Pierrot et Didier marcheraient du côté de l'église, Jean-Jean irait tout droit à la boulangerie et, normalement, avec l'irruption des bestiaux, on les laisserait tranquilles. Et si d'aventure quelqu'un posait des questions, ils répondraient que la pêche était si maigre qu'ils avaient relâché les poissons pas plus gros que des gardons, quant aux écrevisses, y en avait pas la queue d'une !

En période de vacances, les jours de marché à Beaucastel attiraient beaucoup de monde. Le village, déjà réputé pour ses ruelles pentues et les plages de sa rivière, offrait alors un spectacle « authentique ». Chaque début de juillet, le maire faisait passer un message publicitaire dans ce sens dans le journal local. Avec les congés payés, Lucien avait compris qu'il y avait là une formidable occasion de développer le village en contrant l'attrait des grosses villes, et c'est ainsi que le marché de Beaucastel était devenu l'un des plus magnifiques de la région et des mieux achalandés ! En plus de la douzaine de fermiers habituels qui proposait des fruits et des légumes de saison, on trouvait les étals des confitures, ceux des herbes en bouquets et des chapelets de gousses d'ail d'un blanc nacré, un éventaire de babioles, un autre de nappes brodées, trois vendeurs de fromages de chèvre, une vieille proposant les fleurs de son jardin et, à l'occasion, un camelot de couteaux ou de sandales. À cela, il fallait ajouter la boucherie chevaline et sa vitrine agrandie pour l'occasion débordant sur une table à tréteaux et la terrasse du bar-tabac-épicerie. Au milieu des habitués, quelques familles des alentours venaient faire des emplettes et se distraire, on devinait les touristes, souvent armés d'appareils photo, identifiables à leurs couvre-chefs et à leurs paniers encore neufs.

Quand le troupeau des ovidés débarqua là-dedans, ce fut un beau désordre ! Les dames criaient comme si elles n'avaient jamais croisé un mouton de leur vie, les agneaux perdus bêlaient à fendre pierre après leurs mères, les chèvres chapardeuses happaient tout ce qui leur tombait sous la dent. Les brebis, généralement placides, que le mouvement finissait par inquiéter et qui tournaient en rond, piétinaient, renversaient, bousculaient tout sur leur passage, et les paysans ahuris, cherchant à contenir ce flot, hurlaient en reconnaissant leur cheptel. Le curé bêtement campé devant son église, les bras ouverts en croix, prêt à se sacrifier pour protéger la maison de Dieu, offrait le spectacle le plus singulier de mémoire de Beaucastellois !

Les gendarmes qui sirotaient un petit blanc durent abandonner leur verre. Ce fut l'occasion de réaliser qu'un rodéo sauvage peut provoquer un foutoir pas permis, aussi irrésistible qu'une crue de la Cèze !

Il fallut deux bonnes heures pour rassembler et ramener le troupeau, ranger les étals, balayer les dégâts et avaler un bon remontant au café-tabac-épicerie – ils tenaient tous là une bonne excuse – qui pulvérisa ce matin-là ses records d'affluence. Les langues allaient bon train ! Ça commençait à faire beaucoup d'histoires d'animaux fugueurs ou disparus en très peu de temps !

Accoudé au zinc, le brigadier-chef se pencha à l'oreille de son adjoint.

— On cherchait un poney, maintenant des chèvres...

— Le prochain coup... des poulets ? ricana à mi-voix Baptistin Pilon.

— Tu trouves ça drôle Baptistin ?

18

Ignorant les derniers événements, Louise avait reçu trois patients au cours de la matinée, puis elle avait rempli un peu de paperasserie, avant de réfléchir à ce qu'elle cuisinerait pour égayer la bouderie de sa fille. Cécile ne s'était pas montrée au petit déjeuner, elle avait dû se lever tard et lui faisait certainement encore la tête. Elle finirait bien par se montrer.

Une heure plus tard, Louise appela du bas de l'escalier. Elle n'eut pour réponse qu'un profond silence. Sans doute la petite traînait à la serre, ou bien elle était partie faire un tour sans prévenir, ce qui signifiait que leur brouille n'était pas achevée.

Elle soupira, résignée à avoir une de ces conversations qui ne les menaient jamais plus loin que dans l'impasse : Cécile voulait son père qui menait sa nouvelle vie ailleurs...

Elle éplucha quelques courgettes, les fit revenir à la poêle avec deux belles tomates et une gousse d'ail. Le temps que ça mijote, elle dressa une jolie table, apporta le pâté, coupa deux tranches épaisses de pain, ajouta un petit chèvre frais dont elles raffolaient toutes les deux.

Il était la demie passée et sa fille restait invisible. Bizarre quand même…

La petite était forcément dans sa chambre. Elle n'avait pas répondu par rébellion. Elle grandissait et ne se contentait plus de demi-vérités. Louise devrait lui parler tôt ou tard, lui expliquer qu'avec son père ils avaient décidé que ce n'était plus possible, que Jean aimait quelqu'un, ailleurs… Non ! Il faudrait trouver d'autres mots, afin que sa fille ne se sente pas coupable et qu'elle puisse comprendre sans trop en souffrir.

Elle monta l'escalier et toqua contre le vantail fermé.

— Cilou ? Mon poussin… Tu m'entends ?

Silence. Un silence épais comme la poix. Elle poussa la porte et la première chose qui lui sauta aux yeux, hormis une sinistre quiétude, ce fut l'armoire ouverte, comme un signe.

Sur la table, une multitude de feuilles volantes, des esquisses de cheval ou des dessins achevés, soigneusement coloriés. *Petit cheval, crinière blonde…*

Louise tourna sur elle-même, cherchant un indice.

Il était sur le lit. Une enveloppe dissimulée par sa blancheur sur le drap uni.

Maman,

Je m'en vais de la maison. Je sais que tu vas être triste et sûrement effrayée vu que tu t'inquiètes toujours pour pas grand-chose, mais faut pas. Je suis pas toute seule. Mon ami Poly part avec moi. Si tu veux pas te remarier avec papa, tant pis. Moi, je vais aller le retrouver en Italie. Je t'ai pris vingt francs pour le voyage. Si tu me prives de cadeaux de Noël, ça te remboursera.

Quand je serai arrivée, je te téléphonerai.

Je te fais plein de bisous.

Cécile

Louise crut qu'elle allait s'évanouir. Relut les mots dans l'espoir d'avoir mal compris.

Elle se dirigea alors à pas rapides jusqu'à la serre, persuadée de l'y trouver, mais l'endroit était vide, pire même, tout semblait avoir été déserté. La vieille couverture avait disparu, il ne restait aucune trace d'occupation, juste quelques fanes séchées et une touffe de crins blonds qu'elle ramassa machinalement et fourra dans sa poche.

Rebroussant chemin, elle aperçut un drôle de petit calvaire à l'ombre d'un aubépinier. Il consistait en deux branchettes liées par un fil de laine rouge qui lui avait attiré l'œil. En regardant plus attentivement, elle vit une seconde croix, puis trois, puis quatre... C'était un vrai cimetière miniature ! La jeune femme songea à *Jeux interdits* qui l'avait tant fait pleurer au cinéma. Cécile s'était-elle mis en tête d'enterrer des bêtes mortes ?

Elle se hâta vers la maison, en proie à une sourde inquiétude. À cet instant, alors que la panique menaçait de l'envahir, elle pensa à Victor. Il pourrait l'aider !

Sans réfléchir, elle se précipita dans son cabinet, feuilleta les fiches établies pour chaque malade. Victor Malteil. Elle poussa un cri de soulagement. Il avait bien laissé son numéro.

Les sonneries s'égrainèrent, chacune durant un siècle. À la sixième, il décrocha.

Elle se mit à bafouiller, sans savoir par où commencer.

— Victor ? C'est Louise… J'ai besoin de votre aide… Désolée de vous déranger, ma fille a fugué et je n'ai aucune idée… Est-ce qu'on peut se retrouver au bar d'André ? J'appellerai les gendarmes de là-bas.

Il eut à peine le temps d'acquiescer qu'elle lui raccrocha au nez.

Elle partit en courant, sans chapeau et sans sac, uniquement préoccupée par les minutes qui filaient.

Enfuie en Italie ! Avec le poney que tout le monde cherche… Elle est folle. Folle et tellement naïve, ma petite fille… On doit se dépêcher. Remuer le ciel, la terre, pas la rivière, mon Dieu s'il te plaît, pas la rivière, par pitié !

19

Pablo avait résisté toute la matinée aux questions de Brancalou. Il ne savait rien des événements et encore moins de la pagaille au marché, mais il sentait qu'il devait trouver un moyen de détourner l'attention du directeur de cirque. Alors il avait prétexté du travail, repeindre les barrières, vérifier les planches du couloir des coulisses et nourrir les bêtes, un tas de bonnes raisons pour se tenir hors de portée du forain. Le garçon se rappelait le drôle de regard du « patron » – Pablo l'appelait toujours ainsi, même en son for intérieur – quand il les avait surpris, Cécile et lui, alors qu'il se disputait avec le maire.

Brancalou avait-il des soupçons ? Ce n'était qu'une question de temps...

Zéphir, son petit singe, lui tenait compagnie. Percevant l'inquiétude de son maître, il ne le lâchait pas d'une semelle, il courait d'une épaule à l'autre, se perchait parfois sur sa tête, mais Pablo ne riait pas, il grommelait entre ses dents des mots mystérieux :

« Ça sent le roussi, Zéphir, et je sais pas comment m'en dépêtrer mais c'est mauvais… très mauvais ! »

Un peu avant midi, ledit patron lui tomba dessus comme la foudre.

— Tu fricotes quoi avec la gamine ?

— Rien.

— Rien ? Alors pourquoi elle vient toquer à la porte à pas d'heure ?

— J'en sais rien moi. C'est toi qui as ouvert.

— Me prends pas pour une buse. Je l'ai vue fouiner du côté des roulottes l'autre fois, et vous traînez ensemble.

— Je m'occupe pas de ses affaires, c'est juste une mioche qui s'ennuie.

— Et pour Poly, tu sais rien non plus ?

— Je saurais quoi ?

Il baissa la tête pour éviter les yeux furieux qui lui perçaient le crâne, convaincu que, s'il ne le faisait pas, Brancalou pourrait lire dans ses pensées.

Il était dans un sacré pétrin.

— Tu saurais quoi ? Il saurait quoi, ce petit fourbe que j'ai nourri, le perfide, le traître ! Parle ou je te fais taire !

Brancalou leva son fouet et le fit claquer méchamment, frôlant Pablo au passage.

Ses cris avaient attiré Ficelle qui déboulait au pas de course.

— Patron !

— Te soucie pas de ça, Ficelle. À ce qu'il paraîtrait on ne doit plus frapper les enfants, mais les animaux, on a encore le droit, pas vrai ?

Il saisit alors le singe par le cou, assez habile pour se préserver de ses morsures, et le tint en l'air, à bout de bras.

— Ton macaque, je peux plus voir sa tronche. Je vais lui dévisser la tête aussi facilement qu'un tube de dentifrice... Couic !

Pablo tituba sous le choc. Le pauvre petit corps épinglé comme un pendu gigotait des pattes en roulant des yeux affolés.

— Non ! Pas Zéphir ! Je te dirai tout, mais lâche-le !

— Cause d'abord ! J'attends !

Il n'y avait pas d'issue. Brancalou étranglait de plus en plus fort le malheureux singe. Le gitan parla vite, pressé d'en finir, en essayant de donner le moins de renseignements possible.

— J'ignore comment Poly s'est enfui, patron, je sais juste qu'un groupe de gosses l'a trouvé et emmené à l'écart.

— Baste ! Et pourquoi donc ? De quoi se mêlent-ils ces morveux ? Y avait ta protégée dans le lot ?

— Je sais pas trop... Toute façon, celui qui a eu l'idée le dira jamais.

— Tant pis, on va pas s'embarrasser à piger. Suffira de mettre les gendarmes au courant, c'est leur boulot, pas le mien !

Après ces aveux, Brancalou commanda à Ficelle et Riton d'embarquer les chiens dans la bétaillère, puis d'atteler celle-ci à la voiture. Pablo avait enfermé un Zéphir apeuré dans la caravane. Au moins, son petit compagnon n'était pas blessé. Il lui restait assez d'orgueil pour retenir ses larmes, mais l'impression d'avoir trahi lui donnait envie de disparaître.

Le trajet, en compagnie des trois hommes, prit à peine dix minutes qui lui parurent durer une éternité. Il priait pour que personne ne soit présent pour son tour de garde. Et encore moins Cécile. Heureusement, ce n'était pas son heure habituelle.

L'enclos du cabanon semblait désert. De frustration, Brancalou lui décocha une claque.

— Il est où ce satané canasson ?

— À l'intérieur.

— Y a intérêt !

Pablo se trompait. Il n'y avait pas âme qui vive dans le baraquement. Poly avait de nouveau disparu ! Il n'eut pas le temps de se réjouir que le forain lui agrippa l'oreille avec férocité.

— Tu as osé me débiter des bobards, moucheron ? Tu sais ce que ça va te coûter ?

— J'ai pas menti, je le jure ! Il était là, encore hier au soir.

Une gifle lui cloua le bec. Il encaissa sans moufter. Il avait l'habitude. Ce qu'il ne supportait pas, c'était qu'on s'attaque à ses amis. Ils étaient si rares !

— Patron, venez voir !

Triomphant, Riton désignait des restes de carottes et un tas de crottin. Aussitôt, Brancalou recouvra sa bonne humeur.

— J'ai parlé un peu vite, à ce qu'y semble. Hmm, il m'a l'air tout frais ce fumier, ça veut dire que l'animal doit pas être bien loin.

Aiguillonnés par leur instinct de chasseurs, les hommes ressortirent examiner les traces aux alentours et ne tardèrent pas à distinguer une première empreinte. Le fuyard avait fort curieusement emprunté un sentier de terre. Ou bien le voleur l'y avait entraîné ?

Pablo saisit sa chance. Il se prendrait sûrement une nouvelle tannée, mais il avait donné des preuves de sa bonne foi et, maintenant que le patron avait ce qu'il voulait, il laisserait Zéphir tranquille. Il fila sans demander la permission. Ficelle se tourna vers Brancalou, attendant un ordre pour le poursuivre.

— Laissez-le décamper, il reviendra bien vite et on a mieux à faire… Sortez les clébards ! J'ai eu le nez de les emmener, ils vont nous conduire tout droit au poney.

Dans la bétaillère où ils patientaient, les chiens se déchaînaient. On ne les emmenait jamais en balade, et les effluves du bois les plongeaient dans un ravissement sauvage.

— Flairez-moi ça, les clebs. On cherche ! On cherche !

Retenus au bout d'une longe, les chiens suivaient l'odeur du crottin frais pour remonter la piste, Odin et Hermès cornaqués par Riton, le terrier Attila tirant Ficelle d'impatience avec des jappements frénétiques.

— On va les coincer ces petits salopiauds !

Le forain jubilait. Le cauchemar des derniers jours se dissipait et il humait déjà le doux parfum de la revanche. Sans doute, le mystère de la disparition de Poly resterait entier, mais, en lui réglant son compte, il effacerait le ridicule et sa fierté malmenée.

On ne se moquait pas de Brancalou sans risque !

20

Louise et Victor arrivèrent en même temps au café. Le maire était là, avec le boucher, le boulanger et une douzaine de paysans. La mine défaite de la Parisienne suffit à imposer le silence à l'assistance. On s'écarta pour la laisser remonter jusqu'au zinc où les gendarmes achevaient leur pousse-café.

Le bref soulagement de les voir ne dura pas. Louise eut beau leur expliquer l'urgence de lancer les recherches, ils ne semblaient guère impressionnés. En dernier recours, elle tendit la touffe de crins du poney, comme pour prouver sa bonne foi, et confia au brigadier-chef la lettre de Cécile.

Chavard la lut deux fois à la cantonade, en articulant soigneusement, afin de mieux se pénétrer de cette prose enfantine. Il sourit sur la fin, attendri ou moqueur, expira un gros soupir de fatalisme.

— On va pas s'affoler pour une petite escapade.

— Ah oui, parce que vous appelez ça une escapade ! Ma fille a dix ans ! Elle n'a jamais fugué !

— Y a un début à tout. Elle avait déjà chouravé un poney ?

— Non, mais ça n'a rien à voir...

— Té, ça me paraît tout à fait lié, au contraire ! Et ça explique aussi clair que l'eau de roche comment le poney a pu disparaître.

— Mais on s'en fiche ! Il y a plus urgent, vous ne croyez pas !

— Tutut ! Fugue ou escapade, ça dure jamais bien longtemps à cet âge. La nuit la ramènera.

Pilon salua la sentence de son chef avec une philosophie que le pastis rendait profonde.

— Elle en sera quitte pour une bonne frousse et vous tombera en larmes dans les bras, la pitchoun !

— Et si elle fait une mauvaise rencontre ?

— Tiens donc, et quel genre ?

— Je n'en sais rien, moi, un loup !

— Voyons, y en a plus par ici depuis belle lurette !

Frustrée, Louise chercha un soutien. Victor s'était adossé au chambranle et écoutait sans mot dire, les sourcils froncés. Il lui sourit furtivement pour l'encourager. Elle se sentit trahie, puis elle songea que ce serait pire s'il s'en mêlait.

Le maire, soucieux d'arranger les choses, intervint alors que tout le monde avait pris la parole :

— Calme-toi, ma belle, je te connais, tu n'es pas le genre à paniquer, c'est ton imagination qui te fait voir le pire ! On va organiser une battue pour retrouver ta fille. Vous ne seriez pas contre, brigadier-chef ?

Chavard parut plonger dans un abîme de réflexion avant d'opiner en montrant son verre vide.

— Té, on va pas la laisser se ronger les sangs, ce serait pas chrétien ! En attendant, Dédé, mets-y-nous les petites sœurs.

Pilon leva un doigt, soudain grave.

— N'empêche, il nous faudrait quand même une piste pour diriger les recherches...

Lucien Bouis intervint une nouvelle fois. Lui était à jeun, l'esprit assurément plus vif.

— C'est simple ! Cécile dit qu'elle s'en va rejoindre son père en Italie, ce qui nous donne une orientation générale. La départementale avec un poney, à mon avis c'est exclu, si elle n'est pas idiote. Elle a dû prendre le chemin qui borde la rivière par l'ouest.

Pilon acquiesça avec vigueur.

— Pile-poil ce que je pensais.

— Tiens donc, et tu as mis le temps pour donner le produit de ta cogitation !

Pendant que Chavard raillait son adjoint, Lucien se pencha vers Louise, et chuchota à son oreille :

— Je t'ai connue plus vaillante, « mademoiselle Docteur »... Tu vas pas perdre confiance maintenant, non ?

Elle ébaucha une petite grimace polie sans faire mine de comprendre.

— C'est le nom qu'on te donnait petiote, tu te souviens pas ? Tu trimballais une valisette de docteur et tu jouais à soigner les enfants et les bêtes toute la sainte journée !

Émue par le souvenir, Louise fondit en larmes. Elle sanglotait, les yeux écarquillés de peur. Autour d'elle tout le monde s'empressa de faire comme si de rien n'était, on se détournait histoire de ne pas l'embarrasser, et puis le maire saurait trouver les mots...

Lucien se serait donné des baffes d'avoir été si maladroit.

— Moi qui voulais te rendre ton joli sourire, je suis une grosse andouille ! Vaï, sèche tes larmes. Tu sais quoi ? Je vais appeler le préfet, c'est un ami. Il va mettre les moyens pour nous retrouver la petiote, peut-être même aériens !

— Merci, Lucien.

La jeune femme renifla un grand coup, un peu rassérénée. Comme elle se tournait de nouveau vers les gendarmes, Chavard sentit venu le moment de se bousculer.

Il vida son verre cul sec et gifla le zinc d'une grosse tape.

— Bon, c'est pas tout ça, on est partis !

— Je viens avec vous.

Échevelée, les yeux rougis, Louise lui barrait le passage, déterminée.

— Alors là, pas question, ma petite dame ! Il faut rester chez vous, et à côté du téléphone, au cas où...

— Au cas où quoi ?

— Baste ! Au cas où il faudrait répondre ! Et si elle décidait de rebrousser chemin ?

— Alors jurez-moi de faire votre possible !

— Pardi ! Foi de brigadier-chef !

Pilon intervint encore, ragaillardi par une idée qui venait de fuser dans sa tête :

— Si cela peut vous rassurer, j'ajouterai que notre affaire tombe à pic. On va tester le nouveau matériel, hein brigadier-chef ?

— Affirmatif, Baptistin.

Il informa l'assemblée, la mine grave :

— On a touché des *takivakis*... Un genre de téléphone sans branchement qui permet d'appeler de n'importe où.

— Technologie moderne. Avec ça, on va vous la ramener, votre fugueuse !

— Cécile. Ma fille s'appelle Cécile.

Tandis qu'ils grimpaient dans l'estafette, les badauds firent un demi-cercle autour du véhicule. Un groupe de gamins se tenait près du lavoir, attentifs à ce qui se tramait. Pablo était parmi eux, malgré la honte d'avoir tout révélé à Brancalou. Vincent l'avait rassuré et mis au courant de la fuite de Cécile et Poly. À présent, tout dépendait de la fillette et de l'avance qu'elle avait prise. De leur côté, personne n'avait craché le morceau, pas même Bruno, trop fier d'avoir permis la fuite de la Parigote en causant le pire foutoir de l'histoire de Beaucastel !

Secrètement ravi d'être le centre de l'attention, Chavard brandit le fameux talkie-walkie et le manipula à l'intention de son adjoint.

— Alors, c'est compris ? *In*, ça marche. *Off*, c'est coupé.

— Compris, brigadier-chef !

Ils démarrèrent sous le regard inquiet de Louise. Profitant du mouvement général, Victor l'attira en arrière et chuchota avec dégoût :

— Ces deux-là sont des génies de la guignolade ! C'est eux qui m'ont collé en taule après l'incendie...

— Mon Dieu ! Et je suis censée faire quoi, maintenant ?

— N'ayez pas d'inquiétude ! Je connais bien le secteur de la rivière. Il y a des années, j'ai ramené une petite fille mal en point jusqu'au village. Je crois qu'elle s'était fait mordre…

— La vipère ! C'est vous qui m'avez sauvée ?

Un léger sourire en guise de réponse.

— Pourquoi ne pas l'avoir dit plus tôt ?

— Comme vous n'aviez pas l'air de me reconnaître…

— Normal, à l'époque j'étais à moitié dans les vapes et vous avez un peu changé depuis le temps… Écoutez, je suis incapable de réfléchir, je veux juste serrer ma fille dans mes bras.

— Je sais.

— Ramenez-la-moi, je vous en supplie !

Il désigna une femme qui accourait vers eux.

— Voilà Colette, la boulangère, vous devriez lui demander de vous tenir compagnie pendant que je la cherche…

Il enfourcha sa moto et siffla Balthazar. Le chien qui rôdait arriva au petit trot, la queue battant d'impatience.

— Rentrez chez vous et gardez confiance ! Sur ce coup-là les gendarmes ont raison.

— Je me sens tellement impuissante !

— Si votre fille était partie toute seule, je serais plus inquiet, mais un poney, ça vaut un bon chien. On va la retrouver…

21

Cécile et Poly cheminaient maintenant depuis plus de deux heures. Ils avaient traversé la forêt et une vaste étendue de garrigue, gravi des coteaux, contourné quelques fermes isolées avant de replonger à couvert, dans un bosquet touffu. L'enfant s'émerveillait de tout, la fine dentelle des feuilles palpitantes de vent, la complainte lancinante des cigales, l'envol d'un oiseau dérangé à leur approche. Elle n'éprouvait aucune appréhension sauf à l'idée qu'une araignée lui saute dessus. Elle ne réfléchissait même pas à l'avenir, rassurée par la présence réconfortante du poney. Lui aussi semblait ravi, perpétuellement surpris par le spectacle de la nature. Régulièrement il s'arrêtait net, les naseaux frémissants, bougeant les oreilles pour mieux être à l'écoute de ce qui l'entourait – chuintements, bruissements, odeur sucrée des pins, coup de mistral ou touffe d'herbe savoureuse.

Toutes les demi-heures, l'enfant consultait sa boussole. Elle se souvenait par cœur des leçons de son père : en consultant l'aiguille aimantée au nord, elle n'avait plus qu'à suivre la flèche fixe indiquant le sud, à l'opposé.

Pour rassurer Poly, elle lui expliqua, le bras tendu vers les hauteurs :

— Faut aller par là… T'inquiète pas, mon papa m'a appris les points cardinaux.

Ils émergèrent du bois et s'engagèrent dans un sentier de mulets qui sinuait au milieu des buissons. Le chant des cigales était devenu assourdissant, le soleil cognait dur. Elle s'aperçut qu'elle avait oublié d'emporter son chapeau, mais décida de s'en moquer. Quand on s'en va à l'aventure, on ne peut pas penser à tout !

— Faut que je t'avoue un truc… J'ai un peu peur des bêtes, pas de toi, ni des chiens ou des dauphins, je parle surtout des araignées. Tu me protégeras ? Parce que cette nuit, on va dormir à la belle étoile.

Poly émit un bruit, entre le hennissement et une toux d'enrhumé qu'elle prit pour une promesse.

— Regarde ! Des mûres… T'aimes ça ?

Elle se précipita pour cueillir les baies, en choisit six toutes gorgées de soleil, les lui présenta, paume bien ouverte de façon à ne pas se faire pincer les doigts, comme Pablo lui avait montré.

— Goûte !

En un coup de langue, Poly avait tout gobé, et elle s'esclaffa, faussement indignée :

— Oh, le glouton ! Tu prends même pas le temps de déguster et t'as eu les meilleures, tu vois ? Y en a plein qui sont encore vertes !

De buisson en buisson, ils parvinrent à un vallon d'herbes hautes piquetées de fleurs jaunes et mauves. Le poney avançait sans se faire prier, et si parfois il faisait une pause pour arracher un brin de graminée ou flairer une ronce, Cécile n'avait qu'à l'appeler pour qu'il revienne, aussi docile qu'un chien fidèle.

Tout en cheminant d'un bon pas – il fallait semer leurs ennemis ! – Cécile tressa de longues tiges afin de se fabriquer une couronne. Elle leva la tête, inspira l'air chaud de toutes ses forces.

La liberté la grisa d'une joie puissante.

— Je crois que tu vas adorer l'Italie ! Sur la carte ça n'a pas l'air trop loin. On doit d'abord passer par une montagne, heureusement on n'est pas en hiver... Mon papa va être drôlement content de nous voir. Lui, il a eu un tas d'animaux quand il était enfant, je suis sûre qu'il voudra bien t'adopter.

Elle tourna la tête, intriguée par le silence de Poly, et réalisa qu'elle parlait toute seule. Le poney était resté figé vingt mètres derrière, fasciné par le spectacle d'une jeune biche qui se tenait campée à l'orée d'une forêt de chênes, immobile. C'était la plus jolie créature qu'elle avait jamais vue, à la fois solide et incroyablement gracieuse, toute veloutée dans la lumière tamisée du bosquet.

Doucement, sans faire le moindre bruit, l'enfant revint sur ses pas.

À voir la mine du petit cheval, elle refréna un gloussement. Alertée par un mouvement, la biche parut se réveiller et s'en fut d'un bond. Poly secoua la tête de gauche à droite, l'air dépité.

— Oh, Poly polisson ! Si tu veux plaire aux filles, faut te faire beau. Regarde comme t'es coiffé ! T'es dans le vent, remarque. On dirait un Beatles ! Attends...

Elle se délesta de son cartable, sortit sa brosse à cheveux et entreprit de démêler la crinière. Après un petit mouvement de recul, le poney se laissa faire. Une fois l'opération achevée, elle observa le résultat, à moitié satisfaite. Il manquait quelque chose... Elle arracha quelques fleurs jaunes et deux tiges à corolle mauve, les tressa dans la masse du crin. Voilà ! Il était magnifique !

— Maintenant tu ressembles à une star hippie !

Le bruit de l'eau l'attira avant qu'elle ne distingue le ruisseau. Il était assez large et profond pour s'en méfier, et elle se demanda s'il s'agissait de la Cèze qui coulait au pied de Beaucastel. L'idée de se trouver si près du village était à la fois inquiétante et curieusement réconfortante.

— Tu viens ? On va se rafraîchir !

Elle descendit le talus jusqu'à une petite plage de galets. L'eau était glacée, incroyablement pure. Elle la but à longs traits, puis se mouilla le visage, les bras, et finit par y tremper les pieds.

Poly, après avoir hésité, se désaltéra à son tour. Sans prévenir, d'un coup de sabot, il éclaboussa la fillette. Poussant un cri joyeux, elle entreprit de l'arroser à son tour. Au lieu de fuir, il restait là, la bouche retroussée sur un semblant de sourire, le poil luisant de gouttelettes.

Face à un tel plaisir, elle pensa à Brancalou, aux traitements que celui-ci avait fait subir au poney et à la confiance que l'animal lui offrait désormais... Si le monde voyait par ses yeux la beauté de ce petit cheval dans la rivière, plus personne ne pourrait en tuer un seul ! Elle ne put s'empêcher, en cet instant, de repenser à la boucherie chevaline, l'image du cheval découpé en morceaux de viande : filet, gigot... Quelle horreur !

Elle soupira. Son estomac se réveillait. Elle remonta le talus, trouva un coin d'ombre et fit glisser son cartable sur l'herbe.

— On va faire une halte, on a bien marché et je meurs de faim ! Je te préviens, j'ai pas beaucoup de provisions ! Il va falloir économiser, le temps de passer la montagne. Ensuite, on pourra acheter de quoi se ravitailler dans les villages de l'autre côté. Ici, c'est trop dangereux. On est sûrement recherchés.

Elle fouilla le cartable et en sortit une tablette de chocolat.

— C'est du Poulain... T'en veux ? Moi, je le garde pour ce soir.

Rassasié par son grappillage tout au long du chemin, Poly préféra s'éloigner. Veillant du coin de l'œil, Cécile se coupa un morceau de pain et écrasa dessus une portion de fromage. La première bouchée était si délicieuse qu'elle en ferma les yeux et s'efforça de mâcher lentement pour faire durer son maigre repas. Elle calcula qu'il devait être au moins deux heures de l'après-midi et qu'avec un peu de chance ils atteindraient un col avant la nuit. Pourvu qu'ils ne passent pas trop de temps là-haut ! En réalité, elle n'avait aucune idée des kilomètres à parcourir. Elle aurait dû se renseigner, mais tout était allé si vite...

Tandis qu'elle réfléchissait, le poney s'approcha, la bouche pleine. Arrivé à ses pieds, il lâcha une pomme. On aurait dit qu'il la lui offrait.

— Berk, toute pourrie ! Où tu as trouvé ça ?

Alors que l'animal faisait demi-tour, elle se remit debout malgré la fatigue. Poly cherchait à lui montrer quelque chose !

Il comprend tout, il est sensible, drôle et plus dégourdi que certains qui se croient meilleurs parce qu'ils marchent sur deux jambes !

Le pommier se dressait au milieu d'une clairière. Autour de l'arbre, l'herbe était parsemée de fruits pourris, mais dans les branches les pommes semblaient parfaites ! Cela finirait leur souper.

Elle tenta de secouer le tronc, mais il était bien trop épais pour ses forces. Et les branches étaient très élevées.

— C'est drôlement haut et j'ai pas trop envie d'essayer de grimper... Imagine que je me casse une jambe, on serait bien avancés.

Elle essaya encore mais rien ne bougea.

— Mince de zut de crotte ! Merde quoi !

Sa colère alarma le poney qui parut saisir le problème et la repoussa doucement sur le côté. D'une ruade bien appliquée, il cogna violemment l'arbre trop coriace. Une pluie de pommes se déversa sur eux, comme un petit miracle.

Cécile se mit à rire, les bras ouverts.

— Tu es le poney le plus intelligent du monde !

Elle saisit un fruit et le lança en direction de Poly qui n'eut qu'à se baisser et ouvrir la bouche. En deux coups de dents il l'avait croqué.

— Waou ! Quel talent !

Elle choisit une autre pomme, la lança, mais, cette fois, au lieu de l'avaler, le poney shoota d'un coup de sabot pour la lui renvoyer tout droit dessus !

— Champion l'artiste !

Cécile comprit que de gré ou de force Poly était devenu un animal de cirque ; il devinait avec facilité ce qu'on attendait de lui et faisait preuve d'une habileté déconcertante. Elle se jura alors que désormais personne ne se servirait de ses dons autrement que par gentillesse. Le poney en avait fini des profiteurs et des mauvais traitements !

Il était temps de repartir. L'aiguille qui indiquait le sud pointait en direction de la rivière, et au-delà, vers une lande parsemée d'acacias.

Ils durent remonter sur quelques centaines de mètres le long de la Cèze avant de tomber sur un passage à gué. Des pierres alignées affleuraient, crevant les flots vifs, assez larges pour leur permettre de traverser.

Victor avait arrêté sa moto sur une piste forestière. Il la cala et enfila son sac à dos. Dedans, il y avait une corde, une trousse de secours, de l'eau, une torche et une paire de jumelles qu'il se dépêcha d'enfiler. Le chien piétinait nerveusement, affolé par la tension de son maître, observant les indices d'un récent passage. Victor avait choisi de concentrer ses recherches sur le chemin qui menait à la Cèze, car c'était le plus facile à emprunter. Son raisonnement s'avéra juste : il ne mit guère longtemps avant de trouver les marques légères d'un enfant et celles, plus profondes, des sabots.

Il grommela à l'adresse de Balthazar :

— Un petit pied et quelques belles empreintes d'antérieurs. On les a trouvés !

Le chien reniflait déjà les traces, excité comme jamais. Sa queue battait, aussi régulière que des essuie-glaces.

— Elle se dirige sud-ouest, droit vers la rivière, comme je pensais. Nous on va plutôt emprunter le raccourci par le chemin de crête. On les verra peut-être d'en haut et avec un peu de chance on les aura rattrapés avant une heure ! Allez !

Il se mit à marcher vite, sans courir, afin de ne pas trop s'épuiser. La chaleur était encore étouffante, mais un sentiment d'urgence l'aiguillonnait. Il revoyait les yeux de Louise, effrayés, perdus, ses doigts qu'elle tordait pour enrayer la panique. La petite ne craignait probablement rien de pire qu'une entorse, pourtant, il avait beau se raisonner, l'inquiétude persistait.

L'enfant était rapide, sans doute déterminée. À un moment, il crut avoir perdu la piste, mais il la retrouva deux cents mètres plus loin grâce aux herbes foulées, puis sur une sente non loin de la forêt. Ils s'étaient attardés ici, le poney avait même piétiné le sol.

Sur le chemin de crête, l'homme prit ses jumelles et scruta soigneusement les abords de la Cèze. D'abord, il ne distingua aucun mouvement, hormis l'ondulation des joncs sous le vent, puis, quelque chose bougea à la périphérie de sa vision, à peine un frémissement. Il revint en arrière, balaya la zone rocailleuse sur la rive opposée et repéra une silhouette fugace qui plongeait déjà derrière un promontoire rocheux. Le poney suivait sans même une longe. Ils étaient passés de l'autre côté de l'eau, autrement dit ils avaient atteint le premier gué, trois kilomètres en aval. Connaissait-elle déjà la direction ?

Victor jura. Il comptait bien la rattraper sur cette rive.

— Dégourdie, la petite ! Elle nous aura donné du fil à retordre, pas vrai mon chien ?

Le corniaud jappa d'impatience, prêt à se ruer vers l'odeur qu'ils poursuivaient, mais son maître leva la main, stoppant net son élan.

— Non, Balthazar. Faut d'abord franchir la rivière. On va au prochain gué.

Alors qu'elle comptait seulement faire une courte halte, Cécile s'était endormie, blottie contre le ventre doux du poney couché dans l'herbe. Ils avaient tant marché, ils devaient être si loin qu'ils pouvaient s'accorder une pause. La chaleur et le souffle animal avaient eu raison de sa vigilance. Dans son rêve, les arbres lui ordonnaient de se remettre debout. *Dépêche-toi, sotte Cilou,* bruissaient-ils en agitant leurs branches, mais l'enfant ne parvenait pas à comprendre pourquoi il fallait obéir. Voilà maintenant que les bois vociféraient comme une meute enragée, *ces rouvres sont fous,* se plaignait-elle en rêve à un lapin chaussé de bottines rouges.

Elle bascula sur le côté et mit quelques secondes à comprendre que Poly l'avait éjectée de sa sieste en se redressant.

Les abois continuaient. *Des chiens, pas des arbres,* pensa-t-elle alors que la terreur l'envahissait.

Elle se dissimula derrière un monticule de terre et risqua un regard. Au loin, trois silhouettes masculines avançaient d'un pas vif, sur le sentier. Elle reconnut Ficelle à son allure de fil de fer. Les gaillards étaient précédés par Hermès, Odin et Attila. Heureusement, ils disparurent derrière un repli du terrain. Avec un peu de chance, ils ne les avaient pas encore vus, mais l'odeur les trahirait.

— Ils nous ont retrouvés !

Dans un élan de désespoir, Cécile songea à se laisser tomber par terre en se recroquevillant sur elle-même. Ce n'était pas possible, pas après tout ce chemin, les efforts pour arracher Poly à la mort, et son père qui l'attendait…

— Viens, faut pas rester ici…

S'ils partaient en direction de la lande, ils se feraient courser par les chiens, et elle n'était pas de taille.

Il fallait retourner à la rivière.

La main sur l'encolure de Poly, la fillette progressa le long du plateau qui surplombait la Cèze. Une faille à peine praticable se dessinait dans l'amas de rochers. Ils la dévalèrent tant bien que mal, pressés par les aboiements de plus en plus proches.

Un sillon caillouteux permettait de longer les méandres de la rivière. Malgré la fatigue, Cécile courait derrière le poney. Lui aussi semblait avoir compris l'urgence. Après deux boucles creusées dans le relief dentelé, ils arrivèrent à un endroit plus dégagé où se dressait une cabane de pêcheur flanquée d'un court ponton. L'enfant embrassa la scène d'un regard : à cause des chiens, ils ne pouvaient pas s'y réfugier ! Elle chercha une issue et vit un filet qui séchait entre deux piquets : une épuisette dressée contre les bardeaux de bois. Un seau rouillé posé à l'envers et un radeau amarré au ponton complétaient le tableau. Une rame gisait en travers de la barque. Cécile s'avança pour examiner l'embarcation rudimentaire composée d'une estrade de planches posée sur quatre énormes bidons.

La voix de sa mère résonna dans sa tête : *Tu es complètement folle ! N'y songe même pas !*

Elle lui répondit en pensée : *J'ai pas le choix, maman. C'est peut-être impossible mais y a pas d'autre solution.*

Les aboiements redoublaient, chargés d'excitation. Les forains se rapprochaient.

22

— On va descendre la rivière. Tu sais nager ?

Chassant une mouche de la tête, Poly opina poliment.

— Tant mieux, parce que j'ai pas le temps de t'apprendre !

Elle tenta de défaire les amarres mais la peur la rendait malhabile et une fois encore le poney vint à son secours, dénouant le nœud en trois coups de dents.

Cécile n'en revenait pas.

— T'es vraiment incroyable toi ! Maintenant, faut que tu montes là-dessus. Vite !

Elle ne sut jamais si le petit cheval obéit à sa voix ou à cause du bruit des chiens. En tout cas, il enjamba le vide sans rechigner et se retrouva sur le plancher flottant.

— Bouge plus d'un poil ! T'es pile au milieu !

Cécile sauta à son tour sur l'esquif et, d'un coup de rame vigoureux, l'éloigna de la berge. Le mouvement suffit à les emmener dans le fil du courant. Sous leur poids, les bidons s'étaient sérieusement enfoncés mais le radeau émergeait encore d'une dizaine de centimètres. Ils voguaient paisiblement, en équilibre sur l'eau. *Plus vite !* Elle risqua un regard en arrière, redoutant de voir les autres débouler dans la crique.

Rien.

Un coude de la rivière effaçait déjà la petite plage et le ponton.

Si Poly ne s'était pas réveillé, si on n'avait pas trouvé la maison du pêcheur, si... si rien du tout !

Elle posa sa tête contre le flanc de l'animal, reniflant son odeur de cuir salé. Le soulagement lui fit monter les larmes aux yeux, en même temps qu'un sentiment de joie pure. Dériver au fil de l'eau était encore plus magique que dans son rêve le plus fou. Comme le voyage d'Alice. *Elle nous protège ! Et le Lapin blanc, les arbres de mon rêve... On va y arriver !*

Le paysage changeait, les rives s'encaissaient, bordées de parois calcaires qui semblaient plonger à pic dans la Cèze.

Elle chuchota, un rire dans la voix :

— Tu sais pourquoi ils pourront plus nous poursuivre ? Devine, gros malin ! Parce qu'on laisse aucune trace sur l'eau, pas d'odeur, rien... J'ai vu ça dans un film de cow-boys avec mon papa. Enfin, il jouait pas dedans, il m'avait emmenée au cinéma. Tu sais ce que c'est, le cinéma ?

Poly écoutait sans broncher.

— Non ? Tu m'étonnes ! C'est un genre de cirque. Des fois ça se termine mal, et on pleure à la fin. Avec toi c'est le contraire, on a pleuré au début et maintenant on rigole, hein Poly ?

Le petit cheval poussa un hennissement joyeux en guise d'approbation.

Brancalou, Riton et Ficelle surgirent sur la rive, exténués. Les chiens tournaient et viraient, gémissant, la truffe collée au sol. Ils allaient du sentier au ponton, revenaient en jappant, grattaient la plage caillouteuse et repartaient en direction de l'eau, museau en l'air, humant les effluves.

— On fait quoi, patron ?

— On cherche ! Ils se sont pas envolés !

Brancalou serrait les dents, furieux. Les empreintes en disaient long. La môme avait trouvé quelque chose sur le ponton, là où les traces s'arrêtaient. Une barque ? Ou alors elle s'était jetée à l'eau, mais ça paraissait peu probable. Son cheval était bien capable d'embarquer à bord d'un rafiot, il en savait quelque chose puisqu'il lui avait enseigné toutes ses acrobaties !

Il fulmina dans sa moustache :

— Satané canasson ! On le nourrit, on lui apprend à grimper sur des poutres et dès qu'il peut, il joue les filles de l'air ! Alors dressé ou pas, je jure qu'il finira en chapelet de saucisses !

— Patron ! V'nez voir ce qu'on a dégotté !

Riton faisait des grands signes, rouge de fierté. Brancalou se dépêcha de le rejoindre. Derrière un rideau d'ajoncs, un canot à moteur était couché sur une anse sableuse.

— Riton, si t'étais pas si con je dirais que c'est pas un coup de veine !

Riton ne répliqua même pas. Il était habitué, et puis à quoi bon ?

Ils firent monter les chiens qui se tassèrent dans la travée du milieu, poussèrent le canot à l'eau puis embarquèrent, non sans tremper leurs pantalons. La chance était toutefois de leur côté puisque le moteur démarra presque du premier coup, causant l'envol d'un couple de sarcelles caché dans les saules.

— Ficelle, mets pleins gaz ! Cette fois, gamine, on va voir si tu es assez maligne pour m'échapper !

À cet instant, Victor surgit quatre cents mètres plus haut, sur le chemin de crête. Malgré la fatigue, il demeurait optimiste. Il braqua ses jumelles en contrebas, cherchant la présence d'un sentier.

La stupeur lui arracha un sifflement !

Cécile et le cheval flottaient sur un esquif fait de bric et de broc, ridiculement étroit. En faisant la mise au point, il comprit qu'il s'agissait d'un radeau.

— Vingt dieux ! Elle a pas froid aux yeux ! Qu'est-ce qui lui a pris de monter là-dessus ?

Le ronflement d'un moteur en amont attira son attention. Un canot filait à vive allure en direction du radeau des fugitifs. Il lui faudrait quelques minutes à peine pour les rattraper.

Il jura de plus belle :

— Sacrebleu, ça c'est quelque chose !

Il se mit à courir, le chien sur les talons, alors même qu'en toute logique il allait arriver trop tard. Peu importe, il devait les rejoindre avant que ça ne tourne mal. Il commençait à descendre la pente quand un caillou l'envoya valdinguer au milieu de la pierraille dix mètres plus bas et le laissa à moitié sonné. Il secoua la tête et vérifia que tout fonctionnait. Sa cheville droite le fit grimacer, sans doute une petite foulure. Il pensa à Louise et ses mains bienfaisantes. Elle devait être folle d'angoisse.

Il dévissa le bouchon de sa gourde, but avidement l'eau fraîche puis se redressa, un peu requinqué. En descendant en diagonale, il pouvait y arriver. Ça faisait mal, mais la cheville tiendrait. Balthazar gémit, malheureux.

— Allez camarade, pas le temps de flâner, si ce taré de Branca met la main sur la petite, va savoir ce qu'il est capable de lui faire.

Il repartit en boitillant, aussi vite que possible.

Un bruit alerta Cécile, un grondement sourd qui enflait, prenant tout l'espace de la rivière derrière eux. Elle sentit la panique la gagner avant même de se retourner.

C'était encore pire qu'elle l'imaginait. Brancalou et les clowns les pourchassaient en canot à moteur ! Le directeur s'était campé à la pointe de l'embarcation dans une posture menaçante. Elle agrippa Poly, secoua la tête, désespérée.

— Oh non !

Elle perçut une accélération, et crut qu'elle rêvait. On aurait dit qu'une force les aspirait vers l'aval, comme pour les aider. Le courant avait forci et le radeau filait à vive allure, pourtant cela ne suffirait pas pour distancer leurs poursuivants. Un tourbillon créa une embardée et pendant un instant elle crut qu'ils allaient basculer. Heureusement, Poly avait l'habitude de se tenir en équilibre et quand il sentit le sol céder il se décala d'un pas de façon à créer un contrepoids. Derrière eux le canot accélérait dans un bruit de tonnerre.

— Tu… voir !

Brancalou criait, le poing tendu, mais le bruit du moteur et le rugissement des flots couvraient ses menaces. Cécile n'en captait que des bribes.

Elle évalua l'écart qui les séparait. Le bateau était à présent dans leur sillage et remontait encore. Plutôt que de surveiller l'implacable progression, elle se pencha vers Poly et lui fit une promesse :

— Je les laisserai pas t'emmener, juré, craché !

Le canot venait de se positionner sur leur flanc gauche et Brancalou continuait à s'égosiller.

— Arr… sal… attends… va voir… Mau…

Sur un signe du patron, Ficelle tenta une manœuvre d'abordage et Brancalou s'inclina dans l'espoir d'attraper la crinière de Poly. Face au danger, le poney recula légèrement et piétina de nervosité. Cette manœuvre allait tous les précipiter à l'eau ! Cécile s'empara de la rame afin de repousser l'assaillant comme elle l'avait fait en s'éloignant de la berge. Hélas, comment aurait-elle pu lutter ? Le forain était d'une force surprenante malgré sa courte stature. Il saisit l'aviron au vol, l'arracha d'une seule secousse, puis, d'un geste triomphant, le rejeta au loin. L'enfant poussa un cri. Elle aurait dû les frapper de bon cœur, quitte à l'assommer ! Maintenant, ils n'avaient plus rien pour se défendre et le radeau partait à la dérive !

Le lit de la rivière s'était encore rétréci entre les gorges abruptes, et ils dévalaient l'onde, propulsés par un courant de plus en plus fort. Conscient qu'ils ne tiendraient pas longtemps, Brancalou fit une ultime tentative et se pencha vers Poly. Le poney, que l'assaut avait terrifié, allongea le cou, prêt à mordre. Il n'en eut pas le temps. À cet instant, le radeau, pris dans les tourbillons, tangua violemment dans un mouvement de pendule et fit vaciller ses occupants. Il n'y avait rien pour s'agripper, sinon l'eau et l'air !

Le vacarme du canot à moteur semblait avoir été avalé par le rugissement de la Cèze, un bruit de tonnerre roulant et brassant mille rochers.

Alors, les forains prirent conscience du danger.

Deux cents mètres en aval, la pente liquide paraissait se briser sur le ciel pour retomber plus bas, un bond prodigieux de plusieurs mètres dans les flots bouillonnants.

Les rapides !

Cécile n'avait rien vu, trop accaparée à garder l'équilibre. Bras écartés, elle s'était campée devant Poly et défiait leurs poursuivants. Elle vit soudain le bateau décrocher, ralentir brutalement puis stopper. Le directeur les fixait bizarrement, sans crier, aussi raide qu'une statue. Ficelle, en revanche, agitait les bras, comme pour appeler la fillette.

Cause toujours ! pensa-t-elle avec colère. *Si tu crois que je vais m'arrêter… et de toute façon je n'ai plus de rame !*

Dans le canot à moteur, le clown était devenu blême.

— Patron, faut la rattraper avant les chutes…

— Pas question, on y passerait nous aussi. Fais demi-tour, et vite, sinon on sera pris dedans !

Au lieu d'obéir, Ficelle continuait à faire de grands gestes, imité par Riton. Ils s'époumonaient en vain :

— Reviens ! Petite ! Les rapides ! Reviens !

Furieux, Brancalou se jeta sur la poignée du moteur et enclencha la marche arrière. Pendant un moment qui lui parut interminable, il crut que c'était foutu, qu'il avait réagi trop tard. Cinglé par le courant, le canot faisait du surplace, moteur hurlant contre le rugissement liquide.

Finalement, centimètre par centimètre, il parvint à remonter le flux et à gagner la rive la moins exposée.

À deux cents mètres d'eux, le radeau tourbillonna une dernière fois sur la crête de l'eau, juste avant sa cassure et, pendant un instant, il sembla suspendu entre la rivière bouillonnante et le ciel d'un bleu pur, l'enfant accrochée au cou du cheval.

Puis l'embarcation bascula.

Riton fut le premier à oser parler :

— Patron, faut leur porter secours...

— Trop tard...

Le forain arborait une mine impassible. Riton et Ficelle échangèrent un regard consterné. C'était de la non-assistance à personne en danger et même pire puisqu'ils étaient responsables.

Ils étaient des criminels. Au mieux des complices, ce qui revenait au même.

Comme s'il lisait dans leurs pensées, le petit homme conclut sinistrement :

— On va rentrer. C'est pas notre faute si elle s'est noyée... Et motus, les gars. On n'est jamais venus ici, on sait rien, on n'a rien vu. Rien ! Compris ?

Ils repartirent. Riton se rongeait les ongles, signe de grande nervosité, quant au grand maigrichon, il avait déjà sorti son flacon de gnôle et en avalait une lampée pour chasser la dernière image du radeau plongeant dans le vide.

23

La chute parut durer une éternité alors qu'elle ne prit que quelques secondes. Cécile se sentit décoller et dégringoler à la fois, un envol à l'envers, cul par-dessus tête. Poly hurla, pas d'autre mot pour décrire le hennissement qui lui échappa. Le radeau tombait, tombait, et ils se retrouvaient projetés vers les rochers qui émergeaient des flots, pointes noires et dures sur lesquelles ils se fracassèrent. Par miracle, les bidons prirent le premier choc, projetant les navigateurs dans la rivière. Ils coulèrent à pic, roulés et ballottés en tous sens, et émergèrent à l'air libre avant d'être avalés dans le ventre de la rivière, recrachés encore, suffoquant et se débattant pour respirer, cherchant un point fixe, la rive ou un morceau de bois, quelque chose à quoi s'accrocher, se hisser, vivre !

Le cartable que Cécile portait sur son dos l'avait protégée dans sa chute mais une bretelle de cuir finit par lâcher, et il s'ouvrit, laissant filer le pain, le fromage, la tablette de chocolat, les carottes, les billets de dix francs, son pull et *Alice au pays des merveilles.* Tandis qu'elle luttait de toutes ses forces pour garder la tête hors de l'eau, l'enfant vit le livre qui tournoyait, hors de portée.

Dans un geste dérisoire, elle tendit la main, follement, comme si le cadeau de son père chéri pouvait la sauver. À cet instant, elle aperçut le poney qui jaillissait, tel un bouchon de liège, les yeux exorbités, puis le noir les avala tous les deux, l'obscurité asphyxiante des eaux.

Ils disparurent dans la Cèze.

Victor avait enfin atteint la berge et se dépêchait vers le prochain gué, juste après les chutes.

La petite avait-elle eu le temps de se réfugier sur une rive ? Brancalou l'avait-il attrapée ?

Il discerna d'abord un débris de planche au milieu des tourbillons et l'épouvante l'envahit. Quelques mètres plus loin, retenu par la bride à un arbre mort, un sac d'enfant flottait.

— Balthazar, rapporte !

Pendant que le chien s'empressait de tirer le cartable au sec, l'homme aperçut un livre échoué parmi les ajoncs. Sur la couverture illustrée d'une fillette en robe à dentelles, il lut *Alice au pays des merveilles.* Sans doute faisait-il partie des possessions de la petite.

Il blêmit. C'est donc ça qu'il allait rapporter à sa mère, un livre qui s'était noyé comme elle !

Le cartable ne recelait plus grand-chose car il avait été à moitié vidé par la furie des eaux. Une paire de chaussettes à cerises, un pantalon et un short rose, une lampe-torche et une brosse. Ce dernier objet l'émut plus que les autres. Il imaginait la fillette farouche se peignant les cheveux, soucieuse de son apparence en dépit de sa fuite… Depuis quand n'avait-il pas osé tout risquer pour un idéal ?

Il se mit à prier pour un miracle, mais une terrible angoisse lui nouait le ventre.

Il devait se remettre en route. Allons ! Cécile était peut-être simplement blessée, quelque part plus bas. Tant qu'il n'aurait pas retrouvé un corps, il garderait espoir. Il le devait à Louise, à la petite, et à lui-même, l'ancien Victor qui croyait que l'amour se fiche des obstacles. À l'enfant qu'il avait été, et qui, lui aussi, aurait été capable de fuguer pour réaliser un rêve.

Le poney avait émergé le premier du trou d'eau et s'était laissé emporter de nouveau sans lutter. La tête de la petite avait jailli et replongé à deux reprises. La seconde fois, elle glapit de terreur et, avant que l'animal ne la saisisse par le col, elle coula encore. Elle ne criait plus quand il la saisit enfin, son corps pesait lourd dans le ressac du torrent, pourtant le cheval s'était acharné à la tirer vers les eaux calmes de la rive, jusqu'à une crique de sable et de pierres plates.

Comme elle ne bougeait pas, il lui donna des coups de naseaux, renifla son visage et lui fit de vigoureuses léchouilles. Ensuite, il lui souffla dans le nez, cherchant son haleine, comme pour la ranimer. Son instinct le guidait. Le corps de la petite se cabra et elle se retrouva poussée sur le côté, crachant le trop-plein d'eau avalée jusque dans ses poumons qui se rebiffaient.

Alors qu'elle hoquetait, la mémoire lui revint soudain, et une peur terrible la saisit. Elle se redressa, étourdie, découvrit le paysage qui l'entourait. Elle était bel et bien sur la terre ferme, saine et sauve ! Mais Poly ?

Pendant un instant, la conscience embrouillée, elle chercha un appui. La caresse des naseaux sur sa joue suffit à la rassurer. Elle n'était pas seule. Il avait survécu !

— Poly...

Comme elle tremblait de froid, le poney se dirigea vers une pierre tiédie par le soleil. Elle s'y traîna, appuyant son front contre le cou de l'animal.

— On a tout perdu sauf la vie. C'est grâce à toi... Je te dois la vie, mon Poly... Mais maintenant, on n'a plus rien à manger et plus de sous pour payer !

Elle refoula un sanglot et continua plus fermement :

— C'est pas si grave. On trouvera un moyen. On va se reposer juste un peu, pas longtemps. J'ai peur qu'ils reviennent. S'ils arrivent par le bord de la rivière, ils finiront par tomber sur nous. Alors, on va rester là juste le temps de se réchauffer et ensuite on grimpera. Une fois là-haut, on sera hors de portée et je crois que je me rappelle la direction que l'on doit prendre. Ensuite, on demandera notre chemin. C'est pas si grave d'avoir perdu la boussole. On dira... On dira qu'on va chez ma tante, que je t'ai ramené de notre ferme. Parce qu'on a besoin de toi pour la moisson, un truc comme ça... J'inventerai bien un bobard !

Submergée par des émotions contradictoires – ils avaient frôlé la mort et il restait un long chemin à faire ! –, Cécile se blottit contre l'animal.

Victor avait atteint le gué et traversé facilement. Il était à environ un kilomètre des rapides. Il scrutait chaque pierre, chaque tronc coincé dans le courant, redoutant d'y voir un petit corps entravé, puis revenait au chemin, sautant d'une rive à l'autre de plus en plus frénétiquement. Rien n'assurait qu'il avait pris la bonne direction. Si la gamine s'en était tirée, elle avait pu rebrousser chemin. Ou « atterrir » sur la rive opposée. Ou grimper vers le chemin de crête. N'importe où... Il cherchait aussi la dépouille du poney. L'espoir grandissait puis disparaissait, et le poussait à hâter le pas.

Il allait si vite en boitillant qu'il fut à deux doigts de ne pas voir les deux socquettes blanches étendues sur un rocher. *On les a mises à sécher*, pensa-t-il, cherchant un signe de présence. *Oubliées ?*

Il se pencha vers le sol. La terre humide était parsemée d'empreintes. *Sabots, petits pieds.*

Ils s'en étaient tirés ! Les deux !

— Regarde-moi ça, Balthazar, notre fugueuse vient de passer par ici... Et elle est vivante. Vivante !

Il avait envie de le crier tellement il était heureux comme s'il s'agissait de sa propre fille. Il scruta le sentier qui courait vers le massif forestier, mit ses mains en porte-voix et cria :

— Cécile !

Mais personne ne lui répondit. Il renonça, agacé de sa maladresse, et s'adressa au chien :

— Parfois je suis un gros naïf, Balthazar. Tu l'imagines répondre à un sauvage comme moi, après le coup de peur qu'elle a eu ?

Il s'empara des chaussettes, voulut les glisser dans sa poche avant de se remettre en route. Il n'en eut pas le temps.

— Halte-là !

Les gendarmes déboulaient de la pente, écarlates sous le coup de l'effort. Leur irruption sidéra Victor.

Comment avaient-ils fait pour se trouver ici ?

Il les laissa venir, rempli de confusion, les bras ballants.

— Chef ! Visez plutôt !

Pilon désignait le cartable gisant par terre, mais le brigadier-chef lui fit signe de se taire. Il venait de découvrir les socquettes dans les mains du suspect. Car il fallait se rendre à l'évidence, une évidence aussi éclatante que des aveux, Malteil était en possession d'indices incriminants ! De là à voir un coupable, il n'y avait qu'un pas et même moins que ça !

D'un ton grave, presque solennel, Chavard questionna :

— C'est à la petite, ça ?

— Évidemment ! Elle est sans doute pas loin d'ici. Je l'ai pistée depuis le chemin de crête et...

Vachard le refréna dans son élan :

— « Sans doute » ? Autrement dit là où tu l'as cachée ?

— Moi ? Mais vous êtes pas bien !

— Pas d'injures. Avoue plutôt où elle est.

— Quelque part là-haut, c'est ce que je me tue à vous expliquer !

— « Là-haut », c'est pratique, ça veut dire sans dire, pas vrai ? Pour un taiseux, tu as des expressions parlantes !

— Écoutez brigadier, on perd du temps au lieu de partir à sa recherche ! Ce sera plus efficace que de pinailler sur le nombre de poux que j'ai sur la tête ou mon vocabulaire ! Il s'agit quand même d'une gamine de dix ans !

— Brigadier-chef si ça te gêne pas !

L'aboi déchaîné de Balthazar le coupa net dans sa tirade. Alerté par la colère de son maître, le corniaud avançait vers les gendarmes, plus agité que vraiment menaçant. Chavard leva son pied lourdement chaussé pour envoyer bouler l'animal et Victor bondit, afin de l'en empêcher. Pilon, dans un mouvement de panique, sortit sa matraque et lui assena un coup sec sur la nuque.

Victor s'effondra sur le sol, à moitié sonné.

Le chien n'attaqua pas. Il avait été dressé à obéir, pas à combattre. La pauvre bête gémissait à fendre l'âme, la queue rentrée dans le postérieur, l'échine basse, tournant autour de l'homme foudroyé, étouffant un grognement plaintif.

Était-ce le spectacle de sa détresse ou un regret tardif ? Baptistin se tortillait, louchant sur sa matraque avec perplexité.

— Je m'excuse, chef, c'est parti tout seul…

— Té, pas d'excuses pour ce malavisé ! Il doit juste être estourbi, donne-moi plutôt les bracelets, il se tiendra tranquille ainsi !

Pilon fouilla ses poches un moment et finit par en extirper une paire de menottes. Il continua de chercher quelque chose, de plus en plus nerveux.

— Baptistin, me dis pas que tu as perdu la clef !

— Je l'ai pas perdue, je la retrouve plus…

— Celle-ci faudra que je la ressorte ! Ta logique t'honorerait si l'heure était à la rigolade. Bon, pas le choix, faut le ligoter. Amène-moi c'te ficelle, là.

Il désignait la corde du sac à dos de Victor.

— C'est pas réglementaire, chef.

— Et ta connerie, elle l'est ? La hiérarchie ira pas nous chercher des noises pour une belle prise. Té, préviens-les qu'on tient un suspect. Un coupable, même. On a les preuves !

Il empoigna le cartable de Cécile et le brandit en l'air, la mine triomphante. On aurait cru qu'il exposait l'enfant elle-même, ou que sa quête venait de s'achever avec ce sac détrempé.

24

Après avoir gravi une colline pentue, ils débouchèrent sur un replat dominant la rivière. Harassée, la fillette se laissa tomber dans l'herbe, le cœur cognant dans sa poitrine.

Poly broutait des chardons, aussi paisible qu'un moine ! On aurait dit qu'il savourait chaque étape du voyage, oubliant l'attaque des forains et leur chute du radeau. Elle l'envia pour son insouciance, se rappela Alice et imagina ce que l'héroïne aurait fait dans sa situation. *Du courage et de la joie, c'est le mélange qu'il faut. Du courage quand on se bat pour fuir Brancalou, de la joie quand on atteint une prairie !*

Cet accès de sagesse ne dura pas. Du ciel montait un grondement étrange, saccadé, une sorte de *wouf-wouf* qui fendait le silence à coup de faux.

Cécile courut vers Poly et, s'accrochant à sa crinière, elle voulut l'entraîner vers un buisson d'épines qui les cacherait, mais le poney résistait, accaparé par les chardons, alors elle se précipita à couvert, sans se soucier des écorchures.

Le battement se rapprochait. Soudain elle vit surgir un oiseau noir gigantesque.

C'était l'hélicoptère de la gendarmerie.

L'engin fondit sur eux, et plana en vol stationnaire. Juste en dessous, dans son ombre gigantesque, le cheval s'agita nerveusement.

Elle cria pour l'attirer, mais le vacarme noyait ses appels et l'hélicoptère demeurait là, à tournoyer, si bien qu'elle comprit qu'il ne pourrait pas se poser, par manque de place ou à cause de la pente. À quelques centaines de mètres, coiffant le versant, la forêt formait une coulée verte, presque impénétrable. Il suffirait de l'atteindre pour se dérober à ses poursuivants.

Elle jaillit de son refuge, fila de nouveau vers l'animal et, cette fois, il la suivit docilement, trottant dans son sillage. Ils détalaient en direction de la lisière de feuillus, et l'enfant s'efforçait d'ignorer le bruit des pales, guidée par la peur d'être piégée. Dans sa panique tout se mélangeait, Brancalou et les gendarmes, ce vacarme terrible, les rapides. Ils devaient leur échapper, sans quoi Poly en mourrait !

L'hélicoptère opéra un virage, et s'éloigna en quête d'un terrain plus propice où se poser, mais le relief interdisait tout atterrissage. Il revint vers les fuyards et perdit de l'altitude. Il voulait les obliger à s'arrêter en les impressionnant. Mais la manœuvre ne les fit même pas bifurquer.

Cécile, pourtant, ralentissait à chaque mètre, le souffle coupé. La forêt était trop loin. Elle sut qu'elle n'y arriverait jamais, elle n'en avait plus la force.

Prévenu par son instinct, Poly dut sentir qu'elle décrochait. Il se retourna, la vit à moitié allongée sur l'escarpement. Elle haletait, le visage rougi par l'effort. Il approcha, les naseaux palpitants, renifla son odeur de peur et d'épuisement.

Elle parla avec fermeté :

— M'attends pas, j'en peux plus.

Il émit un hennissement plaintif, la poussa des naseaux pour l'encourager à se remettre debout. Le cœur déchiré, elle parvint à se redresser et caressa le poil soyeux du front de Poly, ignorant l'engin monstrueux qui planait au-dessus d'eux.

— Gentil Poly, tu dois continuer tout seul parce que moi j'y arriverai pas. Dans la forêt, ils te trouveront jamais. Et puis je risque moins que toi, jamais ils oseront me transformer en saucisson… enfin, j'espère. Sois courageux, c'est notre seule chance ! Un jour, on se reverra, j'en suis sûre !

Elle pleurait à moitié, la gorge si serrée que parler lui faisait mal. Elle avait échoué à le sauver. Pouvait-il comprendre à quel point elle regrettait ?

Le cheval broncha d'un air contrarié. On aurait dit qu'il refusait de se résigner, cherchant la solution à ce nouveau casse-tête. Il ne s'agissait plus d'une corde à dénouer ni d'une serrure à ouvrir mais de transporter la fillette exténuée.

Il se tint parfaitement immobile, la mine perplexe, puis, doucement, presque à contrecœur, fléchit ses antérieurs de façon à présenter son dos.

Estomaquée, Cécile n'osait pas en croire ses yeux.

À cet instant, rien ne comptait, pas même le bruit écrasant déversé du ciel.

— C'est vrai, tu veux bien… ?

Délicatement, avec d'infinies précautions, elle s'agrippa à la crinière et se hissa sur son dos, prenant garde à répartir son poids pour ne pas écorcher sa blessure.

— Je te fais pas mal ?

Le poney se redressa et fit quelques pas afin qu'ils s'habituent l'un à l'autre. Au-dessus, l'enfer se déchaînait, l'hélicoptère avait plongé une nouvelle fois vers eux. Les gendarmes comprirent que la gamine était en train de leur échapper, d'autant que la pente leur interdisait d'atterrir.

Les fuyards repartirent d'un petit trot prudent, puis, comme Cécile s'accrochait fermement à sa crinière, Poly accéléra l'allure. Ensemble ils trouvaient leur cadence, l'enfant confiante qui découvrait un équilibre naturel, le cheval joyeux de la conduire. Insensiblement, il se mit au galop, traversa la lande puis s'engouffra sous les grands arbres. Alors qu'ils pénétraient sous la voûte protectrice, il ralentit jusqu'à se retrouver au pas.

La forêt avait effacé le danger, comme par magie.

Là-haut, le bruit décrut, masqué par le feuillage dru. L'hélicoptère renonça et s'éloigna dans un grondement rageur.

Le silence, uniquement rompu par le chant des oiseaux, les accueillait, la rumeur paisible du vent dans les ramures, le craquement des épines à leur passage.

Ivre de fatigue et de soulagement, Cécile se pencha en avant et s'abandonna, les bras pendant de part et d'autre, sur les flancs de Poly, la joue appuyée contre l'épi de crin, les yeux mi-clos, respirant son odeur familière et celle, plus sucrée, du sous-bois.

Ils marchèrent un moment, elle n'aurait su dire combien de temps, elle avait l'impression de flotter sur un îlot de quiétude. Quand Poly stoppa enfin, elle n'eut qu'à se laisser glisser jusqu'au sol.

Le poney les avait menés à une clairière étroite, à peine une trouée dans la trame serrée des troncs. Cécile tourna sur elle-même, soudain incertaine.

— Je préfère te dire la vérité… Je crois qu'on est un peu perdus. On va monter plus haut pour voir où on est, ensuite on décidera, toi et moi, d'accord ?

Ce qu'elle ne pouvait voir, c'est qu'à moins d'un kilomètre, à l'aplomb de leur position, se dressait la silhouette du château de Beaucastel.

Dans leur fuite éperdue, ils avaient tourné en rond.

25

Chavard et Pilon avaient durement œuvré ! Ils rentraient auréolés du sentiment d'avoir triomphé. Pour un peu, ils en auraient oublié l'enfant.

Il fallait en rendre compte à l'état-major et remettre le prisonnier. Toutefois, ils décidèrent de faire un crochet par le bar de Dédé, plus proche que la gendarmerie. Avec cette chaleur de gueux, ils avaient bien mérité un godet, et ils devaient aussi informer le maire qui, à cette heure-là, était souvent en train de boire un verre ou de discuter sur la place.

Ils laissèrent Victor ligoté à l'arrière de l'estafette. Tapi à ses pieds, son chien gémissait toujours.

Une partie du village était restée pour discuter de l'affaire et les deux gendarmes furent accueillis en héros. Quand on apprit que Victor avait été arrêté sur la foi d'indices solides, le patron offrit une tournée générale à la santé des valeureux Chavard et Pilon. Lucien Bouis qui coordonnait les recherches se montra moins enthousiaste. Sachant l'état d'inquiétude de Louise, il aurait préféré lui ramener sa fille plutôt que de lui annoncer qu'elle était toujours en vadrouille et qu'on avait arrêté le marginal du village ! Il doutait un peu des mauvaises intentions de Malteil, mais pour l'instant c'était le cadet de ses soucis ! Il faisait la navette depuis le début d'après-midi entre sa maison, la mairie et le bar... Heureusement, Colette était restée auprès de la mère éplorée. Il décida de voir comment les choses tourneraient avant de la prévenir...

Le vieux Joseph déclara ce que chacun pensait tout bas :

— Ça n'a pas traîné, pour l'attraper...

Chavard joua les modestes :

— Les preuves sont contre lui... et une fois de plus, cet arsouille braille qu'il est innocent !

Baptistin renchérit avec vigueur :

— Innocent et les mains sales ! Il avait sur lui les affaires de la gamine. Reste plus qu'à lui faire cracher le morceau !

— Oh ! Vous pensez que c'est si grave ?

Derrière son bar, le bon Dédé avait blêmi. On parlait quand même de la pitchoun de Louise, une enfant du pays.

— J'irai pas jusque-là, il aura pas eu le temps ! Et puis va savoir ce qui leur passe par la tête à ces types qui vivent comme des sauvages ! D'ici qu'il ait juste voulu s'attirer les bonnes grâces de l'infirmière... On sera bientôt fixés, il va être interrogé par le capitaine Pantallacci.

— Et la gosse ?

— Des renforts ont pris le relais. Ils ont même envoyé l'hélicoptère.

Lucien Bouis confirma la nouvelle.

— Si elle traîne dans le coin on le saura vite ! Le préfet est particulièrement préoccupé par notre affaire.

Le vieux Joseph grommela avec mauvaise humeur :

— Eh bé, les grands moyens...

Chavard acquiesça d'un air entendu qui dissimulait mal son aigreur.

— Monsieur le maire a le bras long...

— Mon bras n'y est pas pour grand-chose ! Avec les disparitions d'enfant, je préfère être prudent...

Joseph les coupa d'un ton indigné :

— Y a pas eu d'hélicoptère quand ma Jeannette s'est perdue !

Baptistin rigola.

— Baste ! L'hélico pour ta corniaude de clebs pleine de puces qui bouniafait à des kilomètres, et puis quoi encore ?

— Non mais oh ! Parle pas comme ça de ma Jeannette crénom... Et dans ce cas, pourquoi le poney y a droit ?

— C'est pas le canasson, fada, c'est la gamine !

— À propos de poney, ajouta le maire, j'irai prévenir Brancalou, tantôt. Il nous a assez bassinés comme quoi on ne faisait rien pour arranger son affaire.

Lucien éprouvait le besoin de bouger, ce serait toujours moins pénible que d'échafauder des hypothèses de comptoir.

— On vous accompagne ! Ça nous fera pas un gros détour et je serai pas mécontent de démontrer à ce môssieur qu'on n'est pas des gobe-mouches, comme il insinuait la dernière fois !

Pendant ce temps, Victor n'était pas resté inactif.

Il ordonna à Balthazar de ronger la corde qui liait ses poignets et parvint assez vite à s'en défaire. Grâce au ciel, les gendarmes n'étaient pas plus doués en nœuds qu'en stratégie !

À l'aide de sa boucle de ceinturon, il déverrouilla – non sans mal – la serrure à l'arrière de l'estafette et glissa un regard au-dehors. Comme il l'espérait, la place était vide.

Il descendit. Avant de s'esquiver, il veilla à refermer soigneusement les battants de porte. Avec un peu de chance, les autres n'y verraient que du feu. Plus tard on découvrirait sa fuite, mieux ce serait…

Dans le village déserté, seul un chat paresseux remarqua son passage.

Une grosse surprise attendait le maire et les gendarmes, quand ils arrivèrent au pré de l'Abbaye : la toile du chapiteau gisait à terre, pareille à une fleur aux pétales géants qu'on s'activait à replier. Gradins et balustrades étaient empilés à côté des camions, attendant d'être chargés.

C'était le grand départ.

Les forains se figèrent en apercevant l'estafette. Un mélange de méfiance et de sourde rancœur flottait dans l'air, ou bien une chose moins avouable…

Brancalou avait pâli. Il songea au corps de la gosse noyée dans la Cèze. L'avait-on découvert ? Et si quelqu'un les avait vus et dénoncés ?

Se méprenant sur les raisons de sa mine lugubre, le maire tenta de l'amadouer :

— À votre place je ne me précipiterais pas ! On a du nouveau. Vous allez récupérer votre Poly.

— Ça, j'en doute fortement.

— Té, demandez aux gendarmes ! Ils ont trouvé la piste de la petite. Le poney était avec elle.

Chavard se redressa, gonflé par l'importance de l'information qu'il s'apprêtait à livrer.

— Affirmatif. Et on vient d'en apprendre une belle, monsieur le maire ! Les collègues viennent de nous avertir par radio. L'hélico a repéré les fuyards y a pas une heure ! Ils sont rentrés à la base faire de l'essence et ils y retournent illico !

Lucien étouffa un juron d'enthousiasme. Le calvaire de Louise était bel et bien fini ! Il hésita à se rendre tout de suite chez elle ou à faire un crochet par la mairie et téléphoner au préfet pour avoir les détails. Louise voudrait tout savoir...

À ses côtés Pilon pouffa de rire. Il était légèrement pompette à cause de la chaleur et des verres d'anisette.

— Qu'est-ce qui te fait rigoler, Baptistin ?

— L'hélico illico...

— Pardi, tu peux encore t'engager au cirque si monsieur Brancalou est d'accord. D'autant qu'on a une autre information qui devrait le réjouir.

Il toisait le directeur avec un petit air de défi, pas mécontent de son effet.

— Tiens donc...

— Et si je vous dis qu'on détient le coupable de tout ce chambardement !

— Le coupable ?

Brancalou avait viré au verdâtre mais personne ne sembla remarquer son malaise.

— Il est à l'arrière, ficelé comme un jambon.

Chavard désignait le véhicule. Pour convaincre le forain aussi pantois qu'une carpe, il ajouta :

— Vous avez eu du nez, c'était bien Victor…

Le directeur du cirque manqua de tomber dans les pommes. C'était, d'un coup, trop d'informations et bien trop d'émotions. Il articula non sans peine :

— Il est là, derrière ?

Brancalou avança d'un pas mécanique vers l'estafette. Dans son esprit, l'espoir disputait à un reste de peur. Il commençait seulement à entrevoir les conséquences de cette arrestation. Si la gamine et le canasson avaient été aperçus vivants, alors il n'était plus qu'à demi coupable ! Mieux encore, son ennemi était impliqué dans l'affaire ! À l'idée que, pour lui nuire, Malteil avait fomenté l'enlèvement de son cheval-vedette, il fut pris d'un élan de frénésie. Tout était la faute de Victor ! Sans ses manigances, il serait en pleine tournée ! Le forain en oubliait presque sa poursuite sur la rivière et la vision du radeau plongeant dans les rapides. Emporté par la soif de vengeance, il se dirigea vers l'arrière de la camionnette et jeta un œil par les deux petites fenêtres grillagées. Il ne vit rien. Personne.

Trois secondes s'écoulèrent. Un silence total qui augurait le pire. Même Pilon, perdu dans les brumes de l'anisette, sentit le souffle du couperet.

— Y a pas plus Malteil qu'une cocotte en papier ici ! Qu'est-ce que vous me racontez là comme sornettes ?

L'espace d'un instant, les gendarmes crurent à une blague. Hélas, les faits étaient incontestables :

le prisonnier avait pris la poudre d'escampette, sans doute à la faveur de leur « petite » halte au bar de Dédé. Et dans leur précipitation quelque peu alcoolisée, ils n'avaient même pas pris la peine d'aller jeter un œil à l'arrière de l'estafette, avant de filer pour le pré de l'Abbaye.

Pilon et Chavard en restèrent un instant cois, se dévisageant l'un l'autre sans trouver à dire. Puis ils recouvrèrent leurs esprits.

Il n'y avait plus une minute à perdre. Ils partirent sur les chapeaux de roue sans même s'excuser ni saluer.

Lucien ne s'attarda pas non plus. Il fallait prévenir Louise de la tournure des événements et appeler le préfet dans la foulée.

— La gosse est vivante !

Ficelle arborait un sourire idiot, si large que Brancalou dut se retenir pour ne pas exploser de colère.

Comme il restait muet, Riton renchérit avec une pointe d'inquiétude :

— C'est une bonne nouvelle, non, patron ?

Cette fois, la baffe partit et il la reçut en pleine face. Il faisait une cible plus facile, sans quoi le grand Ficelle en aurait pris autant.

— Sombre abruti ! Elle va nous accuser.

— De quoi ?

— À ton avis ? D'avoir voulu la noyer ! On n'a pas le choix... On doit la retrouver les premiers !

— Pourquoi ?

— Faut la faire taire.

— Comment ?

— J'aviserai le moment venu, t'occupe !

Le ton était sinistre. Inutile de demander des précisions, aucun des deux clowns ne voulait les entendre.

Dans l'espoir de détourner le patron de ses idées de vengeance, Ficelle intervint :

— Patron ? Et pour Poly, on décide quoi ?

— Poly ? Saucisson, boudin, pâté en croûte, à ta guise... Tu vas m'escagasser longtemps avec tes questions à la con ?

Un roulement gronda au loin, annonciateur d'orage. Poussés par le sirocco, de gros nuages s'amoncelaient à l'horizon, noirs et gorgés de pluie.

À cet instant, un grésillement se fit entendre :

« Charlie, ici Delta... Enfant et poney repérés vers le château Beaucastel. Je répète : enfant et poney repérés château. Reçu Charlie ? *Over.* »

Le forain se pencha vers un fossé, les yeux écarquillés ; dans leur précipitation, les gendarmes avaient laissé choir un de leurs talkies-walkies.

Il s'en empara d'un geste vif, illuminé d'un sourire carnassier.

— Ma foi, la chance est en train de tourner. Si c'est pas un signe du ciel, je veux bien être pendu ! Ficelle, ramène les chiens fissa, on en aura peut-être besoin... On repart tout de suite. Il s'agit d'être plus rapides que les autres !

— Et si on se fait repérer ?

Brancalou brandit l'appareil.

— Il suffira de dire qu'on voulait aider... Au pire, ce sera notre ligne de défense !

26

Victor était parvenu au cabinet médical sans encombre. Il se faufila dans le jardin, monta les marches qui menaient à la cuisine et toqua contre le carreau.

Quand Louise l'aperçut sur le seuil de sa porte, elle passa par toutes les couleurs. Lucien venait de l'appeler ; selon la gendarmerie Malteil avait joué un rôle dans la disparition de Cécile.

Il attendait, le regard planté dans le sien, et elle sentit faiblir sa détermination à ne pas lui ouvrir. Un coupable ne se serait pas présenté ainsi, en outre c'est lui qui avait proposé de partir à sa recherche ! Il y avait forcément un malentendu.

Son hésitation ne dura pas.

— Entrez. Vous avez de la chance, la boulangère vient de partir. Le maire a appelé. Il m'a expliqué que vous aviez été arrêté. C'est quoi cette histoire ? On vous a relâché ?

— Pas vraiment. Je me suis évadé.

— Évadé !

— Ils m'accusent d'avoir enlevé Cécile ! Vous n'allez quand même pas croire ces conneries ?

— Non, bien sûr, mais je ne comprends pas. Ils prétendent que vous aviez son cartable.

— Je l'ai ramassé, oui.

— Et elle ? Vous l'avez vue ?

— Seulement de loin. J'allais la rattraper, quand ces deux abrutis de gendarmes m'ont sauté dessus. Ils n'ont rien voulu entendre.

— Mais elle va bien ?

— Je pense... Écoutez, Louise, je préfère ne pas vous mentir. Cécile est tombée avec le cheval dans une chute d'eau. Heureusement, ils ont réussi à rejoindre la rive. C'est sûrement à ce moment-là qu'elle a dû perdre son cartable...

— Mais... Comment est-ce arrivé ?

— Je crois qu'elle était poursuivie par les forains.

— Oh non ! À cause de cette histoire ?

— Sans doute.

— Mon Dieu ! Elle doit être terrorisée ! Vous avez raconté ça aux gendarmes ?

— Bon sang, j'aurais bien voulu, autant causer à une paire de mulets ! Ils m'ont matraqué, et une fois sonné, arrêté !

— Alors c'est pour ça ! Mon Dieu !

Elle serrait les poings, incapable de mettre de l'ordre dans ses pensées.

— Qu'est-ce qu'on fait maintenant ?

Il lui montra l'hélicoptère au loin.

— S'ils tournent là-bas, c'est que la petite est dans le coin, allons-y !

— On va prendre ma voiture, en route !

— Vous risquez d'être inculpée pour complicité d'évasion.

— Ils peuvent m'accuser de la Troisième Guerre mondiale si ça leur chante ! Je resterai pas ici à me ronger les sangs pendant que ma fille est en danger. Venez, on a assez discuté !

Elle s'empara de son trousseau de clefs et se précipita dehors.

Insensible à la pluie qui s'était mise à battre, la cinglant de toute part, Louise mit sa main en visière pour suivre la progression de l'hélicoptère. Dans le ciel gris ardoise, la vision de l'engin lui fit l'effet d'un cauchemar.

— Regardez ! On dirait qu'ils tournent au-dessus du château !

Victor s'était tapi à l'arrière de la voiture, avec son chien.

— Alors on fonce ! Je vous indiquerai !

Elle conduisit pied au plancher sur la départementale : à la peur asphyxiante se mêlait le besoin de voler au secours de sa fille chérie ! Au cours de ces longues heures d'attente, et malgré les encouragements de Colette, elle avait cru devenir folle. Elle était parvenue à joindre son ex-mari à son bureau. Cet idiot avait reçu une lettre de Cécile qui se plaignait de son absence. Il n'avait même pas pris le temps de lui répondre, en se promettant chaque jour de le faire. En apprenant la fugue, il avait perdu son flegme habituel et s'était affolé… Il était bien temps pour ce que cela faisait, maintenant !

— Tournez à gauche au carrefour…

Elle chassa ses pensées revanchardes pour rester concentrée sur sa conduite.

— Et maintenant ?

— Allez au bout, c'est un chemin forestier.

Arès avoir négocié quelques ornières, elle aperçut une barrière qui interdisait l'accès au bois.

— On y est.

— Personne en vue ?

— Personne, la voie est libre.

— Passez sur le côté, vous avez la place.

Louise obéit, sans quasiment ralentir. Elle conduisait habilement et Victor se demanda si la peur la rendait téméraire ou si c'était un autre de ses talents. Cette femme l'impressionnait chaque jour un peu plus.

Malgré le vacarme de la pluie battante sur la capote, le grondement des rotors enfla.

— Les gendarmes sont déjà sur le château ! Comment c'est possible ? s'écria Louise, angoissée.

— Cécile et le poney ont dû tourner en rond. Ou bien ta fille a compris qu'elle se perdrait dans la montagne. Elle pense peut-être s'y cacher.

— On arrive quand ?

— Encore un kilomètre et on poursuivra à pied.

27

Quand l'orage éclata, ils cheminaient toujours dans la forêt. Cécile estima qu'ils avaient dû parcourir au moins cinq kilomètres. L'avantage de se tenir à couvert, c'était que personne ne pouvait les pourchasser. L'inconvénient, c'est qu'ils étaient perdus.

Totalement et complètement perdus.

Le mauvais temps avait rendu le sous-bois obscur, presque inquiétant. Elle passa la main sur le flanc de Poly, sentit ses muscles bouger.

— T'es pas fatigué ?

Le poney se contenta de broncher en hochant nerveusement la tête.

La pluie battante perçait le feuillage dense. Elle tira la langue et goûta l'eau du ciel. Un frisson la secoua. La température avait fraîchi d'un coup.

Soudain, la pénombre fut déchirée par l'éclat aveuglant d'un éclair et, quelques secondes plus tard, un roulement effroyable tonna, si proche qu'elle crut sentir ses os trembler. C'était comme une affreuse explosion, tout près d'eux...

Poly fit un écart qui manqua de la faire chuter. Elle se pencha en avant et, tout en le caressant, se mit à lui parler avec un calme qu'elle était pourtant loin de ressentir.

— Moi aussi ça me fiche la trouille mais c'est juste l'orage. Tu sais, quand j'étais petite je croyais que les montagnes se mettaient en marche, c'est bête non ?

Elle aurait voulu pleurer. Depuis leur arrivée dans le Sud, jamais il n'avait fait si mauvais. Il fallait que la tempête frappe juste le jour de sa fugue !

Orage, naufrage, Carthage, dégobillage, pinaillage, cirage...

Rien n'y fit. La litanie des mots restait inopérante. Loin de se calmer, le vent souffla de plus belle, rugissant dans les frondaisons. Trois éclairs se succédèrent, et chaque fois les déflagrations du ciel les faisaient sursauter.

Elle décida de mettre pied à terre et de marcher aux côtés de Poly, la main sur son cou afin de lui donner du courage (et de s'en donner aussi !).

Elle avançait les yeux mi-clos, courbée contre le souffle des bourrasques. À présent, elle grelottait.

Poly s'arrêta, elle ne comprit pas tout de suite pourquoi. Elle leva les yeux et observa l'épais rideau de végétation.

Une rafale plus violente que les autres fit bouger une branche de lierre dévoilant la bouche noire d'une grotte... Le poney s'y engouffra en flairant la paroi, et s'éloigna dans les profondeurs.

L'enfant restait pétrifiée à l'entrée de la caverne. C'est quand elle vit disparaître la croupe du cheval qu'elle s'arracha à cette paralysie.

— Où tu vas ? Poly ? Reviens !

Le silence se fit presque aussi angoissant que le tonnerre qui les avait poussés en avant.

Elle fit d'abord quelques pas prudents. Quand ses yeux furent habitués à la pénombre, elle continua, appelant tout bas : « Poly, mon chéri… s'il te plaît, Poly ! »

Son cœur battait si fort qu'elle le sentait palpiter dans ses tempes. Elle discerna d'abord sa drôle de crinière hérissée de mèches blondes. Il l'attendait sagement, l'air de dire *Tu te dépêches, oui ?*

Devant, le souterrain se prolongeait, de plus en plus noir.

— Tu es sûr ?

En guise de réponse, Poly se remit en marche. La fillette s'accrocha au crin de sa queue pour ne pas trébucher et surtout ne pas se laisser distancer. Ils cheminèrent l'un derrière l'autre le long du boyau tortueux. Les lieux sentaient la terre humide et un relent plus âcre de moisissure.

Les mots fusèrent dans sa tête, sans ordre ni rime. *Charogne. Pourri. Ours. Danger.*

Un grouillement tapageur jaillit des ténèbres, et, avant même de discerner la masse mouvante de queues et de museaux, elle sut de quoi il retournait.

Elle se mit à glapir et à sauter sur place, terrifiée à l'idée qu'ils la frôlent.

Les rats avaient beau n'être qu'une douzaine, ils semblaient légion, pareils à mille rats obèses aussi féroces que des bêtes sauvages ! Ils passèrent si vite que Cécile criait encore qu'ils étaient déjà loin.

— Oh ! Mince ! J'ai cru…

Elle préféra se taire. La seule pensée qu'ils pouvaient revenir la faisait frissonner. Et Poly l'avait attendue. Il patienta le temps qu'elle se calme. Toujours agrippée à sa queue, elle se répétait à mi-voix : « Y en a plus maintenant. Ils sont passés. Pas plus de rats que d'ampoules au plafond… » Le noir était quasi total à présent. Elle se mit à compter. Cent pas. Deux cents. Et encore cent. Les chiffres s'emmêlaient dans sa tête, aucune importance, de toute façon elle était aussi aveugle qu'une taupe !

Ils butèrent alors sur un pan de mur à demi écroulé. La fin du souterrain ?

Tandis que Poly reniflait l'obstacle, Cécile tâtonna, à la recherche d'une issue. Elle se fiait à l'instinct de son compagnon. Il y avait forcément un passage. Bientôt, elle sentit une bouffée d'air frais lui chatouiller le visage puis de la lumière… Elle étouffa un cri de joie !

L'ouverture était bien là, sous ses doigts, mais trop étroite pour Poly. Elle s'acharna sur les moellons branlants, en arrachant les pierres à tâtons puis en achevant d'ébouler le mur à coups de pied, jusqu'à ouvrir un espace assez large pour laisser passer le poney.

La voûte empierrée laissait filtrer une buée légèrement plus claire. Après quelques pas à l'aveuglette, l'enfant réalisa que l'obscurité devenait moins épaisse. La lueur provenait d'une cavité, au-dessus de leurs têtes, un trou parfaitement rond, créé par la main de l'homme. Un trou d'aération ?

— Tu crois qu'on est où, là ?

Le poney s'était arrêté pour lui permettre de reprendre son souffle. Cécile le caressa, cherchant le réconfort de sa chaleur, et décida de continuer encore un peu. Pourvu qu'il y ait d'autres trous de lumière, elle détestait errer dans le noir ! De toute façon, ils n'avaient pas vraiment le choix et Poly semblait tellement sûr de sa direction ! Au pis aller, ils n'auraient qu'à revenir en arrière. Elle frissonna en songeant aux rats tapis dans les ténèbres. *Et si on tombe dans une oubliette ?*

Elle prit une grande inspiration, attrapa une mèche de crin et lança d'un ton brave :

— Allez, on y va !

Cette fois, ils n'eurent pas à marcher longtemps. Un immense panneau de bois leur barrait le chemin. Grâce à l'infime lueur derrière eux, elle devina une porte pareille à celles qui ferment les châteaux.

Elle tenta d'entrouvrir le battant, mais, en dépit de tous ses efforts, ce fut à peine s'il frémit.

— C'est fermé !

L'envie de pleurer la submergea. Après leur fuite, la pluie, le tonnerre et ce froid qui la faisait claquer des dents, après le noir et les rats, voilà qu'ils tombaient sur une satanée porte verrouillée !

C'était trop bête ! Stupide à pleurer, aussi stupide que son plan débile !

Pendant que la fillette se lamentait, Poly fit demi-tour et d'un seul élan assena une formidable ruade contre la porte. Puis une autre. La porte branla puis le battant céda, laissant affluer la clarté grisâtre de cette fin d'après-midi. Pour Cécile, c'était comme s'immerger dans un bain de lumière, incroyablement réconfortant !

Les yeux écarquillés, elle pénétra dans une salle où s'entassait un matériel hétéroclite : paniers en osier, bottes de jardinier, cannes à pêche, carnasses de cuir, seaux et cageots, deux arrosoirs en tôle vernis de lichen, un établi et son étau, une tondeuse qui rouillait, à l'abandon. Sur un des murs, couvrant trois mètres de longueur, on avait disposé une grille rigide où pendaient une multitude d'outils, ciseaux, pinces, scies et rabots.

Or, ce n'est pas le désordre qui sidéra la fillette. Par la fenêtre grise de crasse, on apercevait un mur en ruine.

Elle colla son nez contre la vitre. Pendant leur périple dans les entrailles de la Terre, la pluie avait cessé de tomber.

— On dirait un château…

Une tour carrée se découpait dans le ciel gris… Quelque chose clochait. Elle connaissait l'édifice !

— Merde ! On est à Beaucastel !

Poly s'approcha d'un pas nonchalant. Maintenant qu'ils étaient sortis du tunnel, il semblait attendre qu'elle prenne la direction des opérations.

— On a tourné en rond ! Je suis trop bête ! Une crétine, voilà ! Tout ce chemin pour rien ! C'est à cause de ce sale hélico ! Il fallait continuer à monter, au lieu de ça, on a dû retraverser le grand bois en entier !

Elle devait se calmer, réfléchir… Le mieux serait de rebrousser chemin, sauf qu'elle en était incapable. Et puis la nuit allait tomber. Il faudrait encore marcher dans le noir, au milieu des bois…

Elle observa les lieux à la recherche d'une issue et découvrit une porte, près de l'établi.

La poignée tourna sans résistance.

Derrière, étrangement, il y avait un salon. La pièce était vaste mais peu meublée. Une cheminée en pierre surmontée de candélabres en argent, des fauteuils au cuir fatigué, une bibliothèque et un piano composaient l'essentiel du décor. Quelques tapis jetés sur les dalles réchauffaient tant soit peu l'endroit.

Une porte à vitrail donnait sur l'extérieur. Celle-ci non plus n'était pas verrouillée. Cécile l'entrouvrit avec prudence, épia les alentours.

Une cour pavée, la muraille, de gros vases où poussait une lavande sauvage.

Le souffle de Poly lui chatouilla la joue.

— On va pas traîner ici. Si jamais l'autre bandit nous trouve, ça ira mal pour nous. Faut se grouiller !

Un hennissement d'approbation lui répondit.

— Chut ! Tais-toi !

À cet instant elle perçut un bruit encore lointain, le *wouf-wouf* de l'hélicoptère. Les gendarmes revenaient ! Comment les avaient-ils retrouvés après tout ce temps ? Ou alors ils cherchaient au hasard ?

On doit retourner au souterrain, tant pis !

Était-ce la peur ? l'intuition d'une menace ? En tout cas, Poly se mit à broncher nerveusement et, plutôt que de reculer, il écarta Cécile de son chemin afin de filer dehors, à découvert.

Sans plus se soucier du redoutable grondement, la fillette se précipita à la poursuite du poney. Elle devait le rattraper avant que l'hélico ne les voie…

Trop tard !

La masse de métal luisant amorça un virage pour se placer en vol stationnaire, juste au-dessus de la cour du château.

Le poney et l'enfant se tenaient là, comme des insectes épinglés sous un cadre.

28

Le camion pila cinquante mètres avant le portail, là où les arbres étaient suffisamment denses pour le dissimuler depuis le ciel.

Brancalou s'empara d'une solide paire de cisailles, attrapa son fouet puis ordonna à Riton de se débarrasser du talkie-walkie. Quant aux chiens, ils resteraient dans le véhicule.

Son employé le fixa, la mine perplexe.

— Pourquoi le jeter ? C'est du chouette matériel et ça pourrait encore nous servir, non ?

— Tu veux en discuter avec les poulets ? Parce que si on nous chope avec ça, on est bons pour la taule, direct ! Et je te raconte même pas quand la gosse mettra son grain de sel !

— Désolé, patron, j'y avais pas pensé.

Il le balança dans un ravin accidenté. Personne n'irait le trouver là-dedans !

Ils prirent la précaution de progresser sous l'épais feuillage des arbres centenaires qui bordaient l'allée.

Heureusement pour eux, l'entrée était en contrebas des bâtiments, quasiment invisible depuis les ruines.

Des panneaux ornés de têtes de mort bardaient le portail : « Entrée interdite – Propriété privée – Danger ! Pièges… »

Ficelle siffla, estomaqué :

— C'est le veuf qui a accroché ce bazar ?

— Faut croire. Moi, je dis que quand on n'a rien à se reprocher, on se défend pas de la sorte !

Sur ces mots Brancalou s'attaqua aux chaînes qui cadenassaient le vantail. Les cadenas sautèrent.

Riton se tortilla un instant avant d'oser parler :

— Patron… ?

— Quoi encore ?

— Et si Malteil nous surprend chez lui ?

— Il est en cavale, ahuri ! Quant aux flics, tant qu'ils sont dans les airs, on peut les éviter. Faut qu'on se grouille. Les autres vont rappliquer dès qu'ils seront en ordre de bataille, mais vu leur vaillance, ça nous laisse le temps de régler notre petit problème…

La chance devait être avec eux, car, quand ils s'engagèrent sous le porche qui menait à la cour intérieure, l'appareil avait décroché et opérait un demi-tour vers le village.

Ils débouchèrent du passage juste à temps pour voir Poly déguerpir vers les remparts en ruine. La gosse cavalait devant, sautant au-dessus des pierres écroulées.

— Chopez-la, vite !

Cécile entendit le cri rageur de Brancalou.

Elle se mordit la langue, de rage et de détresse. Elle pensait retourner dans la forêt, sauf que maintenant ce sale type bouffeur de saucisses les avait retrouvés !

Sans réfléchir, elle fonça droit devant, entraînant Poly à sa suite.

L'hélicoptère les avait éloignés des parties habitables. Ils fuyaient au milieu des ruines, dévalant une volée de marches à demi ensevelies sous le lierre, crapahutant le long des coursives encore debout qui composaient l'ancien chemin de ronde, redescendaient sur le talus accidenté, en quête d'un passage, talonnés par leurs poursuivants. Elle n'osait plus se retourner, de peur de voir leurs grimaces furieuses !

Le terrain cabossé était peu propice pour un cheval, même aussi leste que Poly, et la pauvre bête dérapa à deux reprises, obligeant Cécile à ralentir.

Elle comprit que dans ce labyrinthe de décombres ils ne pourraient pas leur échapper, sauf en plongeant dans le vide, et cette fois, il n'y aurait pas d'eau pour amortir le choc…

À bout de forces, elle cria et se laissa tomber à quatre pattes, tandis que Poly la dépassait.

— Retourne dans la forêt ! La forêt, tu entends ! C'est ta seule chance !

Riton et Ficelle fondirent sur la fillette, pareils à deux joueurs de rugby.

Elle se battit comme un beau diable, brailla et cogna, mordit, les gratifiant de coups de pied, de griffes, s'agrippant à une touffe de cheveux, éraflant une joue, possédée par une fureur terrible. Trop honteux pour se défendre vraiment, les clowns encaissaient ses ruades. En dépit des ordres, ils refusaient de lui faire mal.

Finalement, elle s'épuisa. Et ils la soulevèrent et la tinrent pressée entre eux.

Brancalou arriva, le teint écarlate. Il avait ralenti l'allure afin de reprendre son souffle, savourant d'avance sa victoire.

Devant l'enfant muette, il tendit son fouet, lui effleura la joue avec le manche.

— Elle s'est calmée, la petite voleuse ? Tu sais que tu as bien failli... ?

Un hennissement furieux interrompit son laïus.

Poly se tenait à une dizaine de mètres au-dessus d'eux, sur le chemin de ronde. Il frappait le sol du sabot, comme pour l'inciter à venir.

Brancalou s'élança vers lui.

La fuite était impossible. Le poney était cerné par les remparts. Sans issue, il finit par échouer sur un éboulement quasiment infranchissable.

Cécile et les clowns ne pouvaient rien voir de la scène, mais ils entendirent ses hennissements déchirants appuyés par les jurons de Brancalou.

La rage qui submergeait le forain lui fit perdre toute maîtrise. Le canasson l'avait ridiculisé et maintenant des tas de rumeurs couraient sur son compte ! Des accusations de brutalité et d'incompétence, rien que des sornettes ! Pire, il avait mis son cirque en danger de faillite ! Or, voilà que la sale bête était enfin à sa merci !

Il fit pleuvoir les coups de fouet, visant les parties les plus vulnérables, les naseaux, le ventre, la tête... Peu lui importait que Poly se rompe les os en tombant, il lui ferait payer sa rébellion !

Il haletait d'effort autant que de fureur.

— Saleté ! Tout ça, c'est ta faute… Viens ici !

Ses imprécations ne firent que redoubler la panique du petit cheval. Il tournoyait sur lui-même puis se cabrait, exposant la chair fine de son abdomen à la morsure du fouet, se dérobait, cognant le muret qui le séparait du vide. Soudain, il parvint à se saisir de la mèche et, d'un coup de dents, attira son bourreau vers lui. Il mordit cruellement son poing serré qui s'ouvrit à demi et le fouet alla valdinguer dans le vide.

Le rugissement de douleur du moustachu fit sursauter Poly qui recula encore vers l'abîme.

Brancalou hurlait à pleins poumons, appelant à l'aide.

Le cheval roulait des yeux fous et cherchait une issue.

Riton apparut le premier, suivi par Ficelle qui lambinait, tête basse, tirant mollement l'enfant par le bras.

— Grouillez !

Une fois devant Brancalou, la gamine n'émit aucune plainte, pas un mot ni une larme. Elle serra simplement les poings et le fixa d'un air provocateur, ce qui finit de l'énerver.

Il ricana. L'envie de revanche le rendait mauvais.

— Quoi ? Tu veux voir ce que je fais de ton copain ? Tu le veux vraiment ?

Un grand cri lui répondit.

Louise et Victor venaient de surgir sur le chemin de ronde. Ils avaient couru comme des dératés en découvrant le portail fracturé et le camion des forains garé sur le talus.

— Cécile !

Louise dévalait la pente dans leur direction, et les clowns comprirent que c'était fini. Le patron ne les obligerait plus à brutaliser la mioche. Ils la libérèrent, soulagés.

La petite se mit à cavaler vers sa mère, et elles se jetèrent dans les bras l'une de l'autre.

Poly était dans une sale posture. Affolé, il avait franchi l'éboulement pour s'aventurer sur le mur d'enceinte. Celui-ci lui apparut pareil à la poutre qu'il avait traversée à chaque représentation. Qu'il avait loupée aussi, parfois…

Poly était cerné, d'un côté le vide ouvrait un abîme vertigineux, de l'autre, c'était un éboulis de roches tranchantes.

Derrière lui, Brancalou s'était figé. L'animal avança encore vers le haut des remparts, suspendu entre terre et ciel, funambule improbable.

De loin, le spectacle paraissait totalement irréel. Mère et fille n'osaient même pas respirer de peur de briser l'équilibre. Victor sentit tous ses muscles se contracter. Ficelle et Riton restaient bouche bée. Pour Brancalou, ce fut une révélation. Vengé ou pas, jamais il ne retrouverait pareille bête de scène !

Le cheval marchait sur le fil de pierres, miraculeuses enjambées ! Il ne restait qu'un mètre, deux tout au plus, et il atteindrait la plate-forme d'un ancien bastion arasé par le temps.

D'abord, on entendit des bruits. Cailloux remués, dégringolade. Ensuite, le mur parut s'effriter sous leurs yeux. Poly chancela en équilibre avant de basculer du rempart, hors de vue, dans le vide !

Cécile poussa un hurlement de désespoir.

Victor bondit vers le chemin de ronde. Les cris de l'enfant lui vrillaient les tripes. À l'idée de découvrir l'animal fracassé en bas de la pente, il se sentit défaillir. Il s'élança pourtant à l'assaut des marches qui menaient au bastion, se pencha dans le vide. Il fut abasourdi par ce qu'il avait sous les yeux.

29

Ce sacré petit cheval était tombé miraculeusement sur une sorte de terrasse rocheuse qui saillait de la falaise, retenu par des buissons d'épines. Il cria, plein de joie :

— Il est vivant !

Tandis que les autres accouraient, il évalua la situation. La vire était minuscule et Poly ne tiendrait pas longtemps là-dessus. À cause de l'inclinaison du balcon naturel, le poney semblait en bien mauvaise posture. Pire encore, il s'était mis à piétiner nerveusement le sol à la recherche d'une issue.

Cécile vint s'affaler aux côtés de Victor, le souffle court. Un gémissement lui échappa en apercevant son protégé.

Le regard qu'elle lui lança, chargé de supplication et de confiance, suffit à le décider.

— Ne t'inquiète pas. Je m'en occupe.

D'un geste vif, il sortit la corde de son sac à dos et l'arrima à un pilier suffisamment proche du vide pour servir de point d'ancrage.

Comment soulever un poids pareil ?

Il chassa cette pensée et avisa les deux imbéciles de forains qui se tenaient devant lui, les bras ballants.

— Eh, vous deux, vous pouvez donner un coup de main ?

Ficelle et Riton hochèrent vigoureusement la tête. Ils ne louperaient pas l'occasion d'effacer une partie de leur faute.

— Pas de conneries, hein ?

— Juré !

— Vous m'assurez, et une fois en bas, on avisera...

Il les jaugea encore chacun leur tour, le gros et le maigre, et décida de leur accorder une chance. Prenant appui contre la muraille, il entreprit de la désescalader. Bientôt, il sentit la roche lisse sous ses pieds, jeta un coup d'œil en bas, réprima un hoquet.

Regarde pas. Souffle. Réfléchis pas. Glisse.

Louise était la seule à ne pas s'être précipitée pour rejoindre Victor. Enragée de colère, elle préféra foncer vers Brancalou, toujours figé sur les fortifications. Le forain n'osait plus bouger, assailli par un vertige tardif. C'était sans doute d'avoir vu chuter Poly, sans compter que les cris de la gamine n'arrangeaient rien !

La mère de la gosse s'était hissée sur la muraille et progressait, bras écartés, à croire qu'elle avait fait ça toute sa vie. Ses yeux luisaient férocement. L'espace d'une seconde, il se demanda pourquoi.

— Alors, monsieur le directeur de cirque, on ne joue plus les jolis cœurs ? On ne m'envoie plus de colombe ?

Il hocha la tête, trop mortifié pour répondre. Vit le poing de Louise lui arriver dessus et chuta en arrière, non pas vers l'abîme – il était sur le mur intérieur de l'enceinte – mais dans un cul-de-basse-fosse.

La réception fut rude, une dégringolade de trois mètres et rien pour amortir le choc ! Affolé, les os endoloris, il se mit à gueuler :

— Ficelle ! Riton ! Au secours ! Je suis mort !

Les clowns ne prirent même pas la peine de lui répondre. Ils avaient un sauvetage en cours et cela valait infiniment plus la peine que de s'occuper de leur patron qui ne le méritait pas. Qu'il crève dans son trou ! *Traquer ainsi une gamine, ça passait décidément pas.* Quant à servir de souffre-douleur, ils avaient largement donné !

Ils se consultèrent en silence avant de se pencher de nouveau pour voir ce fada de Malteil crapahuter, pareil à une mouche sur une planche à savonner !

Ce dernier venait d'atteindre la vire. D'une voix ferme, il répétait : « Du calme, Poly... calme... pas bouger... », tandis que le cheval hennissait de terreur, secouant la tête en signe de refus.

Un seul écart, et ils valdingueraient au pied de la falaise.

Refoulant la sensation de vertige, Victor commença par observer méticuleusement les lieux. Une vire étroite surplombant une paroi en à-pic. Un poney d'au moins cent cinquante kilos, peut-être deux cents. Trente à quarante mètres de corde en reste, à vue de nez. Et deux zozos pour les retenir, en cas de chute.

Impossible de remonter le poney. Au mieux, les clowns seraient capables d'assurer sa progression. Si on tentait le diable, il y avait bien un très étroit replat qui prolongeait la vire jusqu'à un passage plus large qui montait vers le château. Sans doute un ancien sentier de chevrier. Pour le rejoindre, ce serait limite !

Il respira, releva doucement la tête et cria :

— D'accord ! Je vais l'encorder !

D'un geste vif, il passa la corde sous l'aine et la jambe avant de Poly et la noua prestement afin d'anticiper sa panique.

— Tout doux mon beau, on va te tirer de là. C'est pas pire que ta virée en radeau, crois-moi !

Le cheval cessa aussitôt de broncher et baissa la tête, le souffle aussi bruyant qu'une forge. Il était visiblement épuisé.

Victor pointa le doigt vers l'étroite corniche qu'il comptait emprunter.

— On va passer par là ! Veillez à pas laisser de mou ! cria-t-il

Il enroula l'extrémité de la corde à son bras et partit en avant, à petits pas. Il s'efforçait de respirer normalement, il prit sur lui en affichant un calme souverain malgré le danger. La voie étroite permettait à un homme d'avancer de face. Pour le poney, ce serait plus acrobatique.

Une chose après l'autre ! Lui, au moins, il ne s'imaginera pas en train de tomber !

Il franchit le premier mètre, stoppa, fit un demi-tour prudent sur lui-même. Doucement, il imprima une légère traction sur la corde afin de la maintenir tendue.

— À toi de jouer à présent…

Poly ne montra aucun signe d'hésitation. Il avança à son tour, guidé par les deux liens de chanvre qui lui procuraient un infime appui.

Cela fut suffisant. Pas après pas, mètre après mètre, l'homme et le poney franchirent la voie étroite qui menait au sentier creusé dans la pente.

Au-dessus d'eux, Cécile avait retenu son souffle durant les longues minutes de leur progression. Quand elle fut certaine qu'ils étaient hors de danger, elle s'écroula dans les bras de sa mère.

— Il a sauvé Poly. Je croyais qu'il était méchant…

— C'est toi qui l'as sauvé et tu as été très courageuse. Viens ! On parlera de tout ça plus tard.

Elle entraîna sa fille vers les fortifications, cherchant un passage dans la muraille.

Non loin de la tour carrée, un pan de mur s'était effondré. C'est par cette ouverture que lors des gros orages les bergers traversaient pour se réfugier dans les ruines. À force d'avoir été maintes fois empruntée, un chemin avait été creusé à flanc de colline.

La robe de Poly était moite de sueur. Cécile posa sa joue contre son cou et ferma les yeux, attentive au sang qu'elle sentait pulser et palpiter, au rythme de son cœur battant. Son odeur de cuir et de sel était le meilleur parfum du monde !

Elle chuchota à son oreille :

— C'est terminé, mon chéri… Plus jamais on te fera du mal !

Elle finit par s'écarter et sourit fièrement.

— Maman, je te présente Poly.

Louise avait les yeux brillants. Elle caressa le poil humide, puis, d'une main experte, essuya l'écume qui maculait ses flancs.

— Bonjour Poly ! Je t'engueulerais bien pour avoir entraîné ma folle de fille dans cette aventure, mais je crois qu'elle m'en voudrait terriblement et Dieu sait où elle irait fuguer, cette fois ! Sur la lune, peut-être...

— Pff, t'exagères !

L'enfant se tourna vers Victor et le dévisagea avec gravité.

— Merci, monsieur. Sans vous, Poly serait mort...

— Après ce qu'on a vécu, tu peux oublier le « monsieur », tu ne crois pas ?

— D'accord !

— Au fait, j'ai quelque chose pour toi...

Il tira de son sac à dos le livre qu'il avait repêché dans la Cèze. Sur la couverture gondolée on pouvait lire : *Les Aventures d'Alice au pays des merveilles.*

Le texte était sans doute devenu illisible, mais Cécile le reçut comme un trésor. Une petite voix lui soufflait que c'était elle, Alice-des-Merveilles, qui les avait protégés. La chute dans l'eau, la traversée de la forêt, la perte de leurs repères, le souterrain et la course-poursuite, chaque fois l'héroïne de Lewis Carroll les avait guidés, ou égarés, sur la bonne route !

Ficelle et Riton arrivaient en traînant les pieds. Ils venaient de se consulter sur la conduite à tenir et, puisqu'il était inutile de fuir, autant affronter la gamine.

Ils parlèrent l'un après l'autre, embarrassés :

— On s'excuse. On t'aurait pas fait de mal, tu sais ?

— On n'avait pas idée que tu irais dans les rapides ! Et ensuite...

Un cri déchira l'air, mi-bêlement mi-râle :

— Je meurrrrrrs !

Victor apostropha les deux clowns sans ménagement :

— C'est votre patron qu'on entend gueuler comme un cochon ?

Louise répondit avec une pointe de jubilation :

— Je l'ai collé au trou, dans un cul-de-basse-fosse.

— C'est une blague ?

— Pas du tout. C'était ça ou je l'aurais tué.

Victor interrogea avec sévérité les deux énergumènes qui n'en menaient pas large.

— Vous comptez le sortir de là ?

— Baste non… Qu'il y reste !

Ficelle appuya sa déclaration d'un crachat. D'une nature plus optimiste que son compère, il commençait à entrevoir les avantages de leur situation : Brancalou ne les emmerderait plus avant longtemps !

Histoire de fêter ça, il sortit la flasque d'eau-de-vie qui ne le quittait jamais, lampa une rasade puis tendit le flacon à Malteil, en signe de paix. En somme, ils s'étaient retrouvés dans le même camp au moment de sauver la gamine ! Sans eux, le patron l'aurait déjà estourbie !

Victor avala une gorgée. La gnôle lui fit l'effet d'une coulée de feu. Il toussa, s'étrangla, les joues trempées de larmes tandis qu'on s'esclaffait autour de lui !

Louise s'était rapprochée de Cécile et la serra très fort dans ses bras. Poly tenta de glisser sa tête entre mère et fille, ce qui redoubla leur hilarité.

Elles s'écartèrent juste assez pour laisser émerger la tête ébouriffée.

Épilogue

Le château de Beaucastel avait subi une métamorphose. Oh, on trouvait bien toujours les mêmes ruines, mais l'endroit était désormais une ruche joyeuse qui abritait les anciens pensionnaires du cirque Poly. C'est Ficelle et Riton qui en avaient la charge, sous l'œil vigilant du maître de maison.

Au printemps, Victor Malteil avait obtenu une aide de la commune en contrepartie de l'ouverture au public de son domaine. Il avait donc engagé des travaux d'envergure. En plus de la partie habitable, une réfection de toiture et quelques aménagements, il faisait retaper le mur d'enceinte.

Ce n'était qu'un des nombreux changements que Beaucastel avait vécus en quelques mois et les langues allaient bon train, mais avec une indulgence certaine envers Malteil, Louise et sa pitchoun...

Brancalou avait été arrêté par les gendarmes et mené en garde à vue en dépit de ses protestations :

« Parbleu ! Oui, il aimait les enfants et les bêtes ! Baste non, il ne frappait personne, il n'avait jamais pourchassé cette gosse, qu'on demande à Pablo, ce fils qu'il élevait seul avec un dévouement sans bornes, s'il était pas le meilleur des pères ! »

Après un procès pour maltraitance et non-assistance à personne en danger, le forain purgeait une peine de deux ans de prison.

Pablo, qui était bien son fils naturel, avait obtenu l'accord du juge des tutelles pour rester à Beaucastel afin d'y faire son apprentissage de mécanicien. Il logeait au château, près de Victor qui l'avait pris sous son aile.

Ficelle et Riton, après leur mea-culpa, avaient écopé de travaux d'intérêt général au château, trop heureux de s'installer au village après leur vie de nomades. Tout leur plaisait ! Leur nouveau patron, sévère mais juste, l'obligation de bien traiter les bêtes. Plus question de clou ni de fouet ! Sans compter l'admiration des gamins pour qui ils rejouaient parfois des saynètes comiques, les filles des bals musettes et même leur nouveau logement, dans une dépendance du château. Afin de se racheter, ils s'étaient autoproclamés chaperons de Cécile, et la petite qui n'était pas rancunière aimait bien leur compagnie, d'autant qu'ils lui passaient ses quatre volontés !

Louise n'avait pas mis six mois pour devenir « l'infirmière-presque-docteure » que l'on venait consulter partout des alentours, si bien qu'elle réfléchissait à s'associer avec une collègue afin d'alléger ses journées de travail.

Cécile avait adopté Beaucastel autant que Beaucastel l'avait adoptée. Elle y avait ses amis, son école – elle avait été désignée chef de classe ! – et bien sûr son poney adoré qui logeait désormais dans le jardin où les clowns lui avaient bâti un box confortable.

Pablo restait son meilleur confident. Depuis l'emprisonnement de Brancalou – elle avait toujours du mal à réaliser que l'affreux jojo était le père du garçon ! –, il s'était épanoui et prenait de l'assurance.

Puis il y eut la grande fête pour célébrer les un an de la grande aventure. Quand il avait fallu décider d'une date, tous étaient tombés d'accord ; ce serait le 10 août, le jour du sauvetage de Poly ! Ce serait un jour à marquer doublement d'une pierre blanche car le père de Cécile avait annoncé sa venue. Il passerait une semaine à Beaucastel avant de repartir pour Bordeaux rejoindre l'équipe d'ingénieurs qui œuvraient au grand pont d'Aquitaine.

La fillette avait tellement hâte de lui faire découvrir son village ! Dans ses lettres, elle le décrivait maintenant comme le plus bel endroit au monde...

Louise était venue en avance afin d'ausculter Zéphir, le ouistiti de Pablo. Le petit singe présentait des signes de fièvre et l'adolescent craignait une infection. Elle finissait son examen quand le maître de maison apparut sur le seuil de la chambre.

— Alors, comment va notre Zéphir ?

— Mieux... C'était juste un rhume bénin. Il pourra même participer à la fête. Dites, à ce propos, vous allez impressionner les foules !

Rasé de frais, Victor était vêtu avec une élégance peu coutumière : costume d'été, chemise blanche. Une cravate pendouillait autour de son cou.

— Vous pourriez m'aider ? Je crains de ne pas être doué pour ces machins-là.

Elle s'approcha en réprimant un sourire, noua la cravate d'un geste habile. Ils étaient si proches que Victor réprima l'envie de lui donner un baiser.

Il n'osait pas encore...

— Voilà, vous êtes très beau.

— Et vous, vous êtes très gentille ou très indulgente.

— Vous savez quoi, Victor Malteil ?

— Je sens la leçon venir...

— Eh bien, pourquoi pas ? Leçon numéro un : ayez un peu confiance en vous... et dans les autres.

Elle le toisa dans un mélange de conviction et de réprimande qui la rendit encore plus jolie.

Avant qu'il ne trouve une repartie, un coup de klaxon retentit dans la cour.

C'était Colette au volant qui conduisait son mari, encore blanchi de farine. Ils venaient livrer les tourtes et les pâtisseries commandées pour la fête. Il y en avait plein la 2 CV. Pablo accourut pour prêter main-forte, talonné par Cécile.

Dès lors, ce fut un défilé incessant. Le maire d'abord, accompagné de son ami préfet, les journalistes locaux flanqués d'un photographe, puis le curé et un diacre, les villageois de Beaucastel et des environs, une trentaine de touristes alléchés par l'affichette placardée sur la place centrale ou le bouche-à-oreille, et les gamins, bien sûr, tous invités ! Vincent et Nicole, que Cécile avait chargés de diriger la visite guidée du château, prenaient leur rôle très au sérieux. Avec Pablo, le frère et la sœur faisaient partie de ses meilleurs amis. Ils formaient désormais un quatuor inséparable.

Secrètement, la fillette continuait pourtant à avoir une petite préférence pour Vincent, qui lui faisait battre le cœur…

Chacun connaissait le rôle de la bande à Bruno dans la grande débandade des ovins, celle qui avait flanqué une belle pagaille au marché, l'histoire avait pris une dimension comique et héroïque, si bien qu'on en gardait un souvenir ému, même le boucher, assez fier de son rejeton de fils. Celui-ci, malgré tout le mal qu'il avait pensé et dit de « la Parigote », s'entendait désormais à merveille avec sa chère parisienne.

Tout ce beau monde dépassait la bonne centaine !

Pour éviter l'affolement, les animaux qui allaient et venaient habituellement en liberté avait été rassemblés près des douves, à part l'ours qui vivait désormais dans un enclos immense et Zéphir qui avait retrouvé sa place préférée, sur l'épaule de Pablo. Les chèvres goûtaient peu cet exil et, bientôt, en acrobates émérites, elles rejoignirent la foule et se mirent à mendier des friandises. Les chiens profitaient de leurs admirateurs, une troupe de minots qui tentaient de leur apprendre des tours. Les aras surexcités lançaient des « T'es qui Coco ? », « Abruti ! Tête de pioche ! Crétin » ou bien « La ferme ! C'est moi le patron ! » à qui les approchait avec le ton de Brancalou.

Et ce n'était pas tout ! À ces anciens du cirque se mêlaient aussi sept chats errants qui vagabondaient à leur aise, deux corbeaux qu'on avait recueillis et soignés et qui se tenaient prudemment perchés sur le toit de l'échauguette, trois agneaux sauvés de l'abattoir devenus grands, une vache et un vieux canasson, les « petits » protégés de Cécile.

Évidemment, le véritable héros du jour et point de mire des badauds, c'était Poly, qu'on avait peigné, tressé et fleuri comme un char de corso.

Lucien Bouis commença par un petit discours :

— Monsieur le préfet, messieurs de la presse, mesdames et messieurs mes concitoyens et vous tous, épris de notre belle région, bienvenue sur le site historique de Beaucastel. Les travaux vont nous permettre d'accueillir les touristes du monde entier ! Ce sera un peu notre Versailles à nous, avec une ménagerie en plus ! Maintenant, laissez-moi vous présenter l'initiateur du projet, mon cher ami Victor Malteil, propriétaire du château, qui l'a généreusement mis à la disposition de la commune…

D'un grand mouvement de bras il appela Victor qui finit par s'avancer à contrecœur afin de prendre la pose.

Un journaliste les interpella :

— Monsieur le maire, vous aviez parlé d'un cirque ?

— Peuchère, non ! Il faudrait l'appeler autrement… Un cirque avec des bêtes enfermées, on n'en veut plus ! Ici, les animaux vont s'ébattre en liberté, pour leur plus grand bonheur, et celui des visiteurs. Et tout cela a commencé avec Poly, le plus fabuleux des petits poneys…

Pablo sentit qu'on le tirait par le bras.

Cécile, avec sa fameuse barrette rouge dans les cheveux, se tenait derrière lui, les yeux plissés de malice.

— Quoi donc ?

— Viens !

— Et le discours ?

— La barbe ! J'irai pas faire la roue devant tout ce monde ! Viens je te dis !

Le gitan haussa les épaules et se faufila dans son sillage. Depuis qu'il n'était plus obligé de jouer les zozos sous les lumières, il appréciait sa liberté.

Il sourit en songeant que, comme les animaux, il s'était affranchi des lois du cirque ! Le maire avait raison, c'était un beau projet !

Cécile courait maintenant vers Poly. Quand elle arriva devant lui, le poney plia les genoux comme il avait coutume de faire pour lui faciliter l'escalade.

Elle se jucha sur son dos et éclata de rire, le visage tourné vers lui.

— On part en balade ?

— T'es folle ! On va te chercher ! En plus Poly doit exécuter un petit tour de scène. Et ton père ? Il va bientôt arriver !

— Justement ! On fête son sauvetage, non ? Une petite fugue pour rire et, promis juré, je le ramène en fanfare ! J'aimerais simplement que tu préviennes ma mère histoire qu'elle me hache pas menu... Et papa, il me comprendra ! Je suis sa fille-aventurière préférée.

Dans la lumière de midi tapant, la cavalière et sa monture étincelaient.

Pablo cligna des yeux, à demi ébloui.

— Va !

Du même auteur

Romans

Solitudes blanches, Actes Sud, 1994.
Le Grand Brame, J.-C. Lattès, 1998.
Le Chant du Grand Nord, tomes 1 et 2, XO Éditions, 2002.
L'Or sous la neige, XO Éditions, 2004.
Loup, XO Éditions, 2008.
Le Grand Voyage, tome 1, *Mohawks et le Peuple d'en haut*, XO Éditions, 2011.
Le Grand Voyage, tome 2, *La Quête de Mohawks*, XO Éditions, 2012.
Belle et Sébastien, XO Éditions, 2013.
Le Chant du Grand Nord, édition intégrale, XO Éditions, 2017.
L'École buissonnière, XO Éditions, 2017.
Donne-moi des ailes, XO Éditions, 2019.

Récits

Le Triathlon historique, Albin Michel, 1988.
Transsibérie, le mythe sauvage, Robert Laffont, 1992.

La Vie en Nord. Douze ans sur la piste des trappeurs, Robert Laffont, 1993.
L'Enfant des neiges, Actes Sud, 1995.
Otchum, chef de meute. L'extraordinaire aventure d'un chien de traîneau, Éditions de La Martinière, 1996.
Un hiver sur les traces de Jack London, Éditions de La Martinière, 1997.
Taïga ou le Rêve sibérien, réédition illustrée aux Éditions de La Martinière, 1998.
Destin Nord, entretien avec Lionel Duroy, Robert Laffont, 1998.
L'Odyssée blanche, Robert Laffont, 1999.
Mémoires glacées, XO Éditions, 2007.
Avec mes chiens. L'Odyssée sauvage, XO Éditions, 2014.
La Grande Course, XO Éditions, 2015.

Livres illustrés

Solitude Nord, avec Alain Rastoin, Nathan Image, 1990.
Nord. Grands voyages dans les pays d'en haut, Éditions de La Martinière, 1997.
Territoire, Minerva, 1998.
C'est encore loin l'Alaska..., Albin Michel, 2000.
L'Enfant des neiges, Éditions du Chêne/TF1 Éditions, 2002.
Le Voyageur du froid, Éditions du Chêne/TF1 Éditions, 2003.
Le Dernier Trappeur, Éditions du Chêne, 2005.
L'Odyssée sibérienne, Éditions du Chêne, 2006.
La Passion du Grand Nord, Éditions du Chêne/XO Éditions, 2011.
Les Pieds sur Terre. Mon encyclopédie de la nature mois par mois, Éditions de La Martinière/XO Éditions, 2016.

Livres pour enfants

Robinson du froid, avec Diane Vanier, Éditions de La Martinière, 1997.

Le Dernier Trappeur, Nathan Jeunesse, 2004.

Tadlak, entre chien et loup, avec Diane Vanier, Éditions du Chêne Jeunesse, 2005.

L'Odyssée sibérienne, Nathan Jeunesse, 2006.

Contes du Grand Nord, avec Diane Vanier, Flammarion, 2007.

Avec mes chiens. L'Odyssée sauvage, Hachette Jeunesse, 2014.

La Grande Course avec mes chiens, Hachette Jeunesse, 2015.

L'École buissonnière, Hachette Jeunesse, 2017.

Bande dessinée

Belle et Sébastien, 12 bis/XO Éditions, 2013.

Composition et mise en pages
Nord Compo à Villeneuve-d'Ascq

FSC
www.fsc.org
MIXTE
Papier issu
de sources
responsables
FSC® C123930

Selon le souhait de Nicolas Vanier,
ce livre a été imprimé sur un papier FSC.

N° d'édition : 4227/01 – N° d'impression : 2051192
Dépôt légal : juin 2020

Imprimé en France